U0782692

山中书

李发模 / 著

南海出版公司

2023 · 海口

图书在版编目（CIP）数据

山中书 / 李发模著. -- 海口 : 南海出版公司,
2024.1
ISBN 978-7-5735-0612-2

Ⅰ.①山… Ⅱ.①李… Ⅲ.①诗集－中国－当代
Ⅳ.①I227

中国国家版本馆CIP数据核字(2023)第180344号

SHAN ZHONG SHU

山中书

作　　者	李发模
责任编辑	何怡欣　蔡映芃
美术设计	清　风
出版发行	南海出版公司　电话：（0898）66568511（出版） （0898）65350227（发行）
社　　址	海南省海口市海秀中路51号星华大厦5楼　邮编：570206
电子信箱	nhpublishing@163.com
经　　销	新华书店
印　　刷	河北赛文印刷有限公司
开　　本	145 毫米 × 210 毫米　1/32
印　　张	9
字　　数	230千
版　　次	2024年1月第1版　2024年1月第1次印刷
书　　号	ISBN 978-7-5735-0612-2
定　　价	46.00 元

思想的禅房

序

李　裴

　　文字是文化的载体，是文明的标识。以文字为基本材料，创作出诗句，构建出诗人自成一体的"诗的世界"，是真正诗歌作家人生的追求。数千年风云变幻，波谲云诡，我们的前面，被确立为"经"的"诗三百"树立的民族文化标杆，历史车轮的反复辗轧，仍见其灯塔般的光芒。

　　于人类文化，"诗意"是审美的生存、生命所在。在历史文化进程中，"诗意"使诗作流传并与时而进，时暗时明中因有"意"而时有高光时刻，实践证明纠结于一时一事并非明智。这是颇值"玩味"的，导向着有志创作者须潜心把"诗意"的"味"，"玩"出"高明"。就诗歌创作来说，意味着诗人创作出来的诗歌作品，总要给人一点什么，把阅读者"带"入"诗意"之中，尽可能让爱好者有所"得"、有所"悟"。

　　这正是我在当下"点赞"李发模先生诗作的一个重要原因，他用诗的语言文字搭建了他的诗的世界里的"思想的禅房"，可以在读他的诗时循着诗句描绘的图景、勾勒的图式进入其"思想的禅房"，由此而有所"得"、有所"悟"。

发模先生诗的创作，绵延近半个世纪，砚耕不辍中必有其"大"焉。我们从《呼声》"我像一只受伤的孤雁，/跌落沙洲，发出凄凉的哀鸣""告别了，/曾与我一起流泪的雨云。"到《命的边缘》"暮色爱吃太阳的禁果/我见黄大发，倒扣苍穹为锅/煮日月星辰，在乡民碗中"，这两部相隔四十年的长篇叙事诗中，不难体会诗人创作的韧劲，也不难体会其作品内涵"一以贯之"的坚定。我写有一篇发模先生《命的边缘》的评论文章，标题是《山水长吟舞大纛》，我在想，有心的阅读者的想象空间中，这个"纛"就应该是"道"，即"一以贯之"之"一"。

搞文学创作，"作品为王"是铁律，这应该不用争论。发模先生至今 60 部作品集，这个成果恐怕少有人能及，于此也足见其始终是饱含激情的践行者。长期坚持创作，有此经历的人可能皆有体会，其间胫骨体肤和心志砥砺的磨炼，终能超凡入圣、修得正果，何其艰辛！作家在把诗坛摸了个遍、看了个透之后，仍不忘其初心，如果没有融入骨子里的热爱和信仰的基石，绝对是难以支撑其前行的。尤其迈过古稀之年之后，发模先生越发"不可收拾"，诗歌作品"喷涌而出"，可谓"老而弥坚"，实属不易，而其作品的内涵，更是浑然天成，直抵"物我两忘"。

"物我两忘"这个古代美学概念，在传统诗学中极为重要，描述了创作时创作主体和对象客体"浑然为一"的状态和境界。"惟至人之非己，固物我而兼忘。"（沈约《郊居赋》）"指与物化，而不以心稽。"（庄子）"思入杳冥，则无我无物，诗之造玄矣哉！"（谢榛《四溟诗话》）在这里，我们来读发模先生辛丑上半年公开发表的部分诗作，感受感受发模先生创作时主客观"泯然不可辨"而文思泉涌、灵机妙发的"入化"状态，感悟感悟其切中"物我两忘"肯綮的艺术境界之精神之愉悦。

浏览辛丑上半年部分诗作，以点带面"窥视"发模先生诗作的一些突出特点，体味作品何以"物我两忘"。第一个印象是"形象可感"。笔触"入"于具象中，读者可"感"可"知"，生活百味、烟火气息，置之于直感中——《吃喝在道真》（除夕,2021年2月10日发表，以下只注月日），"碗筷也豪气"；《读华焰的画》（2月19日），"内心准备的一包乾坤，两瓶泪汗/是追求的行囊，七情六欲"；《润生，开门》（2月23日），"润生，你在吗？请开门/你说，进来！门被反锁了"……第二个印象是"情感充沛"。笔"出"具象而进"情"的空间，可"想"可"思"，扭结时代风云于诗的想象中，尽显诗句语言组合的张力——《妙用2021》（大年初一，2022年2月1日），"2020/月落的结局/2021，是日出上山//拍拍地球的脑袋，拧拧人头的耳朵/听见没有"；《说爱·别问》（2月16日），"提一盏旭日，加两盏眼神/一片光明"；《真正的河水》（2月16日），"真正的河水/是空中飘动的云"；《感性遭遇·情感》（2月20日），"日月那双眼睛在寻找，昼夜的靠椅上/坐着岁月"；《人心有烟火》（5月18日），"像太阳寻找东西，听山水举证/昨夜星辰掉入人的眼神"……第三个印象是"精神穿透"。求索于游"外"冥"内"，凝聚"形象""情感"，融合历史、现在、未来，尽可能并已在一定程度上达到了超然，抵达"物我两忘"——《众字是上帝·想象》（2月14日），"太阳大胆独占白天/月亮霸道挤星辰暗淡/天地人三角地带"；《有感》（2月23日），"众生乃上苍的良田/种世事"；《灵肉两岸间》（3月9日），"昨天的对岸，与明天的此岸/今天，一河流程"……

以上分了三个层次来说，当然是为了赏析的方便，你去读发模先生诗作，哪里会有几个层次，完全是一个浑然一体的空间，一旦进入这个诗作世界的"思想的禅房"，给予读者的，大约就是"感""悟"之属了。发模先生2022年3月22日发表的新作之诗句，给我们留下深刻印象，引发心灵的"震颤"："二月惊蛰是雷电的新婚之喜"；"放一把火，把丹霞点燃／地貌也是东风／／岩挂红尘有时光的颜色／天蓝地绿拥护的赤水市／查阅自然生命的历史／曾喂养恐龙的桫椤／又似害羞的少女"（《为王寒画作撰句》）。把地下的节气（惊蛰）、天上的气象（雷电）、人间的喜事（新婚）融入一个句子，构成一个诗意的想象的空间，阅读者可以"入象""出象"还可"超象"去"读"，"有我""无我"当在一"悟"。"人体与宇宙一个整体，宇宙的答案／在人身心"（李发模语，见长诗《命的边缘》）。这句诗像是一个思想观念的"注脚"，熟悉传统文化的"同好者"对此必然"会心一笑"，从事文学创作的"同道者"心里肯定清楚，这应是诗人对诗意诗境的不懈追求。

发模先生诗界里游弋的"物我两忘"，深蕴其对人的内在精神的挖掘和生命本体的观照，其"背景"呈现着诗人内心的强大，"万物皆备于我"，天赋和勤学的根基；其"表现"是诗的语言的强悍，每个字似乎都向着"千军万马"转化，想象力在诗句中燃烧；其"生长"的根，更在于"三观"源源不竭的力量。我真诚地称"暖心发模"，他对人们、对万物、对自然、对宇宙深深的挚爱；对身边每个人，画家、书法家、医者、工匠、文学家、艺术家甚至老板"掏心窝子"的友好，"混迹于"人世间，惯看潮起潮落、云聚云散，深信"与山水交友不累，与草木谈心最真"，在诗歌创作、为人处世中"修心"……于是，在学习中、在生活中、在交往中……把人生和创作，诗歌和现实，融汇"物我两忘"，世界"小"入眼，胸中"大"世界，直至在诗歌创作里出神入化，妙不可言。

"不可言"而言之，是在"言不可言"，可入"禅房""静观玄览"以升华，避免进了"茧房"以"作茧自缚"。进的是"禅房"还是"茧房"，当然不是"谁"说了算数的，"花开花落两由之"，这得由每个人自己的综合条件和因素做出"明智"的选择，怪不得"他人"。

2022 年 3 月 6 日

第 一 辑

山中春秋

第二辑

静渡尘世

第一辑

山中春秋

云逛闲记

1

在家"云逛"，见刷屏的烟火
在眼里横生妙趣

已下雪
柳喝冷水，不怕作凉吗
世界正感冒

让我平静自己，仙逸洒脱
自造安宁

2

自省与自强，时逢陌生对手
同心与同意赛跑，与个人较量
何必呢？哦不
力争同德是多向度开发

3

人群中的脸，神情里的眼

四肢如枝丫上的苍穹
……花季少女，及至
隆冬雪落无声
不说变老，只记檐外那鸦叫
窗里那盏灯下，还有
拐角那棵桃树，又是
谁在采摘

4

一刀砍过的"恨"字，与"木已成舟"
与缘分，与皮肤伤痕之美
还旭日冉冉

请问来者
还有他人吗

5

那个叫"夕"的怪兽走了
"暮"，快用荒草掩饰落日
虫儿唧唧有史，得星月奖励

霞彩，天边的光芒
在边缘反思，整个月亮
被山碰缺了，另有半月
在河溪嘴中

6

婚姻二字，偏旁都带"女"字
女士优先
昏与因，是门外的男人吧

还有姓氏之"姓"，母性生出血缘之亲
却跟男姓……再读婚姻
哦！因果有缘，渊源很深

7

女旁之"嫁"，嫁音通家
女人当了母亲，天龙地马
呼母为"妈"，"妙"与"好"字
少女为"妙"，女子为"好"
女生娃娃，也是女旁
对啰！造人是女娲

女婿的"婿"呢？女前胥后
千娇百媚，全是女的……

8

电话少了，他升了

电话多了，他退了
另外的电话来了，他没了

了了像云像雾
了解未了，已老了

9

叹一口气，又是谁的口
两口已回，三口在品……
口之三重境界，入是吃
出是福，又一口
是叹

老天空口，地穴张口
人啦！别为区区小事
如呕

10

力拔山兮，那涌泉
气盖世兮，那云雾
山戴绿帽子，一挂飞瀑
沧然而涕下

山脚花花草草
唐诗、宋词、元曲、新句

争论春风吹又生

几声刀斧窜出，惊起一行白鹭

蝉声住

11

莺飞众草争绿

至断崖，翠翠几悬虬枝

仍要给人一望天蓝，峡谷深碧

鸟啼乱乱不乱，一声声

喊勃勃生机

2021-1-1

竹园村二首

天上街市

1

一群汽车在路上飞，红灯咬一口

绿灯表态，又嗡嗡

车流暴涨，两边人行道上

步行从容

街区懂了招回人的安全
如是车水马龙，感动行程

2

车到山前的那条路，与
进入隧道的那种心境
经历过了

3

竹园村在天上
天上有人写文章吗？那云一纸
那霞一请柬，那雷
一声声"请"！星月的文字都认识吗
雨雪的墨水，昼夜的文具盒
是哪位学生的

村居站成诗人的模样
她的微信名，向日葵
心向一方水土，天蓝好纯净

太阳雨

峰峦撞云，太阳哭着
斜照笑了

落日捡一坡松菌
哐星月

2021-10-30 抄改

水润二记

记一

1

水爱随大流
很勤快，不怕走弯路
没约束，就散漫

2

水的善良，如人之初
别把水逼急了，它也会是
咬人的狗

3

踩碎一滴露水，山会晃动

加速心跳

滴露融山海一色
林竹交鸟啼安排
草色怀柔蓬莱
脑海有容调色日出
在晨曦中

4

潺潺的阳光，从泉水里流出
是谷物生长的声音
成熟红颜

人之食色穿鞋日月，明黑白
往事不蹉跎，去向明晰

记二

1

"水"的那一竖弯勾
是盘古放浪的飞瀑

两侧是怒吼与嘶鸣
轰轰地动天惊

2

置足于水，感悟沧桑
亿年记下雨
几多浪淘英雄

人之一生敢于站起澎湃么
与危崖交真心，骨立柔情

3

内心的天涯海角，几人能走完
脚下的千里万里，只是步行
一步之遥的始终，头脑一步
几脚进云雾

天涯芳草，海角浪涛
一生脚步匆匆，名利缝中挤

4

何为壮志凌云，铁骨铮铮
品性肝胆照人
飞瀑激情，悬挂天意
冲洗红尘滚滚

但听轰轰烈烈
在世间峡谷回音

2021-11-2 抄改

雾罩山

已累得气喘吁吁，雾啊
还弥漫勇气

莫非远山都是脆弱的
山被雾遮、埋没
是因情绪，还是
虚无也有压力

不动声色之雾，与
忍气吞声之山
遇阳光洗牌，山又举手
选举上苍为王

望远亭望远

早晚接天，阴晴来过

风雪雷电来过

今晨接的是云雾，朦胧山水
远山远成笼统，近水读出地心
潺潺的

再等一会儿，日出如壮士
力拔山兮
光泽山野，峡谷皱折
静静的

天晴

千年往矣，不嫌人间事烦
改写桑田

座座山坐稳了多种耕播
流水送鱼来，果真红啊
端出鸣鸟啼，远村近寨
喊请
今日坐东的是天晴

神灵来没有？芭蕉喝绿
溪畔刺笼放肆，岸岩矜持

去路欲断，拐弯处
沟岔多种经营
山不老
水有孕

2021-11-4 抄改

坝子

河乃大地内心的渴望
山是选手

坝子是山水的怀抱
村寨庶民
岁月隐约了神庙，耕地在雾中
庄稼成熟，人间烟火
颗粒生存

日出无私无畏，林竹索取阳光
绿向天空
传承地气与人脉
河流是地的情感
山是大海的遗产

富有营养，最是坝子
山水间的坦然

日出

画个圆圈，穿阳光的裙子
天空的零分，草尖一滴露

露润成长得满分
日复日乃零与零，透明天蓝
天蓝宽宏辽远
那是万古长新的视野

日出之零，灵动
世人怀里的童心

笑容是孩子

在笑容里寻找春天，各色花开
是东风的路

寸草拔节有太阳的神秘，粼粼露珠

滋润的鸟啼，柳丝梳理的人间
天空青色，白日明白
自然与人文笑容，老龄很远
一切青春年少

笑容是孩子，喜欢
穿红着绿

端着天空

端着天空，那些山
站起高原

品高远！天渠
食传承！梯田
有山在云里拓荒
有岭在阳光下花鲜
有星辰跳进山海
上高速

端着天空，山与山知敬畏
热汗签名用餐
吃喝无愧，对得起天

2021-11-9 抄改

云白

白云，在天是风的良药
在人是白衣护士

白色的血性是红霞
生机是雷电，发烧需要降雨
可以是白雪，甚而鸡啼曙色

认云白为亲
旭日认人

落叶

落叶是智者的反复吟哦
很哲思

秋高气爽很响亮
人心阳光地带，"夕阳无限好"

缀句

落红春水，鱼儿有所悟
鸟羽扇凉夕照，夜露准备发言

落日的对面，月升东山
想去万籁梦中静静，碰见曲径
夜色那面容，亲近额纹

拂晓前

寂静如月，鸡啼幽径
去找阳光热烈

落蕊疏影，微尘浮生
陪弦月躬身几步，眼睫掀帘
黎明就从失眠的朦胧中
出生了

晨起

晓月翘上飞檐，看荷塘花开
篱外草英含露

昨夜植物，踏踏实实睡了一晚
在黎明体内
旭日亮池塘，一群鹅鸭亮出红掌
尤带星月体温

飞鸟活跃
起得比我还早

2021-11-10 抄改

听老岩喊

听老岩喊：儿子
一屁股坐滑，已是古稀

几朵野花偷偷地笑
那老者见山，腰还挺了挺

脚板在鞋底还痒痒的

走不动啰！拉山陪坐一会儿
鸟啼几声：那老小子

空山

拾起叹嘘，风声问人
还有吗

一岩独坐，几树枝摇
得失走了

泥土

人是移动的黄土，结日子的颗粒
世事也就土壤

土质肥瘦的心形之碗
酸甜苦辣，是荤素之祖
食色窜根……
最终化为土，繁衍炊烟

人一生难离钱，而上苍
视钱财为泥土

明白了

日出一枚公章盖天蓝，明白了
天是民生的饭碗

月起满圆或半弦，印证梦想
夜里还收获丰歉

雷电实话实说，老天也像勤人
高高在上，也不敢偷懒

花坡

花坡上课，给蜂蝶们讲《美学》
苞谷吐缨如思绪，挂阳光
练习鸟啼

岩豆藤牵几笼天蓝，在风中

教叶绿试飞
青苔在幽径休息，一枝横
拍了拍泉响，似说
那老者，还活着
几朵野花在林隙偷望，蹑手蹑脚

野百合

野百合开放野坡，红红的
热情似火

野径荆棘挂白云，在岩上
落日落尽白发，月色告诉我
她的青丝被日出拿走了

回眸回忆，想问个明白
篱笆上牵牛花递眼色
别别别

小河之上

小河之上，杨柳岸
系谁之舟

东西南北柳树下

山姑已老妇

这株啼杜鹃，那棵鸣鹧鸪

一声声，年少去也

柳浪之下一老翁，心事浩渺

几瓢黄昏，还想舀日出

晚霞血红，映夕暮

柳垂蛙鸣，喊月牙之舟

如哭：住、住、住……

2021-11-14 抄改

简写

1

江河提着大山，过索桥

岁月饿了没有？浪吃星月的点心

路吃车轮

速度喊甜

山中书

2

按劳分配命运
熟悉公平
利益有宜于仁者之人，邪念退避
是天地的意图

3

天空一口"天井"，给人两眼
吸一挑水，送往
大地设计的人间，浇灌
岁月的长河

4

我在安静，把沉默
交喧嚣保管

内心的存储在过秤
饱满自足之乳

5

天空的口袋里，掏出几多仰望
借月色晒星星

上天与世上两张脸面

应是包容

6

漆黑有火光熊熊，莫让

膝盖压伤公正，否则

弦月也会割伤黄昏

晚霞在流血

2021-11-16 抄改

散记

1

云雨是天的沼泽地，天下人秋波的

源头

雷电是接生的保姆

2

旭日一粒种，星月几滴水

抢种抢栽人世的目光

3

雪是枫叶烤白的
海是用以平衡水的
路是疏通脚印的……

日月开的是自行车
地球坐车上

4

雨是给女人用的哈，晴是给男人的
味儿是什么？似阴阳一词

5

有半边月亮被建成月弓桥
十五夜的另一半弦
借给莲池

这半弦在人们脚下
另半弦给桥影莲步
星星到池中洗脚，被虫唧包围
天在池里找蛙鸣

6

某些黑暗，一定是煤
快把自己当火炉

光明正大是金砖，还是黑炭
你发火试试

7

日月那双鞋子，早晚都摆在
东山和西岭之上

山还举手同意谁穿
月儿摇头又表示什么呢

山是高原的特产
是上苍打包送给山里人的

8

山的生日，是地球诞生时
天外有"天眼"，云雾养阳藏精
养生百年不是事儿

阳光上高原搬运山，是一座座森林

云雾到峡谷拾河流，是一道道飞瀑
过仙居瑶池，路遇精卫

2021-11-17 抄改

雪痕

雪地脚印的私章，盖黑
一地洁白

路的另一条路上，以行动
签名的行程
脚印与脚印像一张张小嘴
喊风雪：喂……喂喂……

腌

月光如盐在腌夜，野地
一块腌肉在日落之后
给明天吃

听见唰唰的脚步，颗颗的星儿
从容的云薄，盈盈的眼波

摄魂的幽香
回音奇想

世道是月色的香肠哈
远处，猫头鹰声声
在峭岩散步

赶早

昨日陈旧，明天
应该是新的

星月可以离去，留下花草
跟随白鹭，轻装赶早
换个活法，自知
也许会日出

乡村很香

阳光来地上报到，滴露挂林竹署名
人字形的世间

禾田藏有青蛙，花枝亮出蜻蜓
晨雾有些朦胧
高路以车轮通话长途
响起奔驰

乡村很香
山水还是主人

甘霖

闪电在高空
抓到雷轰轰的好句子

而且
勇敢在地上发芽、开花
峭壁挂一瀑瀑飞水
河流飞快地跑，还说
该笑就笑吧！浪花
模仿天上的白云，而雨丝
柔肠寸断

之后，雷电追问我心
诗人，做过亏心事吗？没有

你也打开自己，畅快淋漓地
下一场甘霖

问老哥

坐滑杆的去了，过拱桥的去了
向东的流水还在，古栈道上
春情秋色，还留几只白鹤
老树也难，经岁月摧折，弯腰驼背

天荒地老也花心，谁个秋波
春意还多
隔山送你月牙一勾，分些星辰豆豆
可以佐酒
你还来吗？老哥

山门联想

山，我是山
门，你是进山的门

山，还记得春秋上山

石头砌营门

门，门给奔劳进出

山因人而"仙"，门为人而"们"

山，百年千年后

门，将又迎新人

山给你，我心在下

尊你而"您"

门口：有口于门内，"问"吧

你问

谁为永远作词

谁为永远谱曲

谁为永远歌唱

交响我们你们他们

门里有口在"问"

山侧有人为"仙"

哎哟！为爱写歌

2021–11–16 抄改

想东风

世态冷，鸡鸣唏嘘

枫红一袈裟，从暮秋寺院来

鸟没飞绝，人踪未灭
杳杳空生雪，茫茫静结冰
都是过客

霜是天的头屑，闻言今冬
寒胁迫，最是发白
冷冷夕照，稀疏星月
梦想东风，却是一行雁叫
路滑、凛冽

2021-11-17 抄改

空灵

1

空灵之内，飘逸飘逸
无边无垠

展翅与芬芳暖和起来
开张仰望，鸟啼
也热闹起来

2

眼神一服药，一口晨昏
日出月升两鸡蛋，一句温婉
微笑放晴

3

去稻花香里走走，田坎上
野棉花很红

云里苞谷正吐缨
闲听吃啄螺丝的鸭儿
嘎嘎的叫

莫嫌路旁狗尾巴草
摇尾在向你打招呼

4

矛和盾，鼠和猫，以往的敌对
现在已是朋友

三十六计已为六十三计
你问时，他回答势
做个和事佬吧

与时俱进
也会白头到老

5

青峰破空而出，一林
乌啼山深

撒出去的云雾在夕暮收网
田田蛙鸣似鱼儿在跳跃

篱笆递来疏星几颗，没接住
被溪水拾走嚼成月明

6

人世哭笑是上苍的回声
万物的居所住世间人心

天地也像蝌蚪游向青蛙
花朵结果实
2022-11-18 抄改

鹰飞

太阳阔步空中，一阵风
送鹰隐于远天
已无影

无影的喝彩、掌声，一忽儿
时过境迁

听令循环

时光拿着绳子，该捆谁
时日在流程中流动，如河

河是活的，也像一根绳子
捆春秋，供应人口
众生如绳捆世事，于循环中

落叶

落叶是散文诗吧？霜风读了几遍
交大地收藏

冬雪设计封面，朔风题字
可入春泥

2022-1-10

雨

抓一把闪电的咔嚓
听雷碰天空的高墙
雨往天下赶路，天也流汗
浇稻香，在世间儿女情长

河流分配波之去者，浪之来者
鹅鸭闹闹嚷嚷
应天下苍生之忙忙
众口阔如时日，浩浩荡荡
2021-11-22 抄改

雪与菊

清空自己，掐掉自以为是
我要与我凛冽绽放

那滴冰珠，刚刚凝聚的千年
曾是爱的海洋
寒露露寒，历经霜降降霜
删去繁复，空灵之爱
不怕创伤

雪白之白，这就是我
玉洁放在菊的展瓣之上

红梅

红梅向人展示含羞的部位
雪红疼痛

隐私敢向雪白，朔风挑刺
瓣瓣咬牙，朵朵托腮

自性燃烧、过瘾，仿佛给什么
刮骨疗伤

当然
也像新婚的喜烛

2021-12-19

一方水土

1

土陶、土碗、落日入土
木瓢舀井水

土的前世，人迹、牛蹄
泥菩萨
土墙、土屋、土地一样大方
这一方民生，世居的家园

2

一河波浪的用途
开花结果
鱼是河的心跳，波翻岸岩

阅柳竹
接纳众流，收获秋色

从上向下，回应
风情民俗

3

瀑是大山的翅膀，井是河流的按钮
西山，落日的香炉

白昼一疋白布，晾晒在
时空的院子里

4

黑夜的重量，让一烛撑着
流泪，难以扶正人影

挖黑夜一个坑，烛光
掩埋思考，是在播种
黎明么

5

一些时刻先于我们路过这里
凿成石刻

听见宁静长出青苔，又一批时间
时刻准备着
让我们察觉自己
时刻将留在石刻之上
读前人刻度的年华
我们活着，重凿一遍

忽而几片落叶飘下石刻，片片似岁月
飘人落在另一时刻

2021-11-21 抄改

山中一日

山穿云雾的校服，赶往
阳光的学堂

日出是红色教授，以绿过滤
叶黄
天空长出翅膀，野径的活动
幅度大些，溪流的语言
是春华秋实的步子

人头都是时日枝上的浆果
身心锄犁，成熟之前

一山一中一书一

清白在白天的山水间
一晃眼，已月照邻里犬吠
该上床了

猫头鹰

夜给猫头鹰啼叫的机会
宁静，不再有麻雀的叽叽喳喳

月色神情自若，朦胧圆缺
从容不迫，星辰在天
老天已入梦境

猫头鹰，它有什么心事要说
风摇林竹，年少时
我以失眠聆听

雪辞

今冬的雪到货了，先是山野签收
继而送至城里人家门口

白花花如银，一夜赚这么多个亿

清白也是印钞机哟，正好

可以用于 2022 的元旦

2021-12-26

乌当，怀抱"日正当空"的城市（组诗）

天人交界处

1

在中国

十二生肖围着太阳，一圈又一圈

把世界

围成天圆地圆人圆梦圆

圆融太极

太极是中国的图腾

在十二生肖的血脉中，从担当出发

五千年五岳五个手指

一脸脸黄皮肤像旗帜……从晴空

飘扬向乌当

2

采风乌当，人问贵阳之贵
我答，贵在阳刚
乌当呢？"乌"是日出在天是金乌
当是人在人世为担当
译为布依族语，是"美丽的家园"
乌当，山水里的城市
负阴抱阳
土上一横知天意而"王"，多亮点而"主"
叠山山为"出"，耸水水水为"淼"
水在城中，山在市里
宜居、宜业、宜游，处处温泉
在喀纳斯内心温润如月，是玉兔

乌当，怀抱"日正当空"
城乡多民族的热情，也暖融融的

3

打磨过穷困，指向致富的二十四节气
跃动虎步，地上跑的，天上飞的
是乌当山水的走向……

黔虎出山，追走"黔之驴"
虎虎生威配龙腾，政令龙头

人脉贯通山水龙脉，温泉是汗滴

4

我们人，都是从生命的窄门出生
奔往幸福，打开一道道门
是你们、我们、他们

从生活的身子骨里领取食色
不忘开启自然之门，即"它们"
与"我们"多彩这世界
红尘滚滚

滚滚是天上的日月，金乌哟玉兔
虹霓也是地上的红尘
你们、我们、他们，一群群们
肝胆相照在乌当，出发
我们人人都是一道道门
昼夜门内外——
吹响长号：呜……呜呜呜……
敲钟担当：当……当当当……

乌当释

乌，飞到天上是"金乌"，太阳
落户地内是"乌金"，煤矿
都是燃烧

当呢？繁体之"當"，从尚从田
上崇向天，遵天道
下爱惜田，循地德
中和人事大道理
当乃担当，君子坦荡荡

乌当之名，又喻"美丽家园"
当然哟！天上一个太阳
地内还有一个太阳，温泉
民生为王，日日昌
乌当的民心民情民意
也暖洋洋的

布衣寨写意

1

山脉是月色的枕头
旭日醒来，提一壶荷池

云扫天蓝，山与水对饮
青草拴住的老牛，反刍昨夜的故事
多年来，扛锄犁的人老了
新的种植年轻

2

笑口是圆的，还有香味，刨锅肉外
有打糍粑的愉悦

想证实幸福，细心察言观色
但见笑容似春花开了，日照脸上
乡民，还是读"利益"一词

3

认识安静，几株水草
在与风密语

几缕蛛网，在侧捕捉瓜藤
鸟儿在飞，落脚一树枝上
落叶晃了晃，又归于平静

4

身穿云白霞红的妇女，解日月两扣
就是昼夜

微笑是脸上的燕翅，眼珠昨夜星辰
有蜂蝶从内心飞出

走！去下一个景点，阳光在喊
新堡布依族乡、王岗村、兰花院……

拦门酒

1

到布依寨，方知酒是欢迎辞
品咂是掌声

喝太阳的歌唱：至水、至火、至痴
至一字"情"中
一个"拦"字贴近客心

2

杯还是裙摆，开放阳春
列阵忠肝义胆
真情进寨，杯杯盏盏都是飞吻
进退岂能失踞
酒的性别，孰雄孰雌
凤声先醉来龙，歌欢红光满面
敬意芬芳，百灵鸟在唇上飞翔

香纸沟

云是天蓝的衬衣吧，扔到世上

众望以目光洗

雾呢？把香纸沟当洗衣机
有溪泉和石碾搅动

然后晾出林竹翠碧，是日月的垫单吧
梦里宋朝，来检验古法造纸

蔡伦在否？远古很远吗
眼前现实，在借艺创新历史

写意水东香纸艺术博物馆并致方聪

1

古法造纸从宋朝到今朝，以竹浆造像
方聪，他是蔡伦的亲人
馆藏展墙上下，是他造型的
中外智者的坐姿或头脑
代表人类思考

造像简朴如竹，奇异独特艺术
朴素之美耀眼，还在一步步超越
哦！方聪
容我想想你的曾经与未曾

你之神秘含苞
在另一意境幽香

2

把逝去的精英塑出"活"来
睿智今人

纸浆也知世界不能掺假
时间的形象，艺术的体温
让人凝神

3

人之体内有文物，藏有
变幻莫测的尘世

我是谁的面目，谁变的我
眼波还荡漾林绿竹翠
谁悟知：竹之"未出土时先有节及
凌云处尚虚心"……
竹的格局与方聪的品质，雅俗赏之
人心艺胆其意如"易"，天知否

布依族蜡染写意并致传承人

1

蜡染有山水的走势，梦想、青春、爱情
你是一方山水的情人

天蓝云白是你从心窝窝掏出来的
古老的音容，传说的风月，一寸光阴一幅画
画里有人心珠玑，亘古的谜题
蜡下有底气，从童话到风俗
一脉传承透地通天
是祖宗的魂魄
和后人的愿望

2

远古神话有另一种色彩和声音

蜡染讲故事
哦回来吧，岁月！布依人的前世和今生
那时与这刻
万物有灵，有"第三只眼睛"
在画布上
万物皆可染，古朴养人还养艺术

3

精染细画，蜡画还画情
《诗经》流域的窈窕淑女是你
汨罗江上涉水的屈子是你
李白抱过月亮的月亮湖上
那戏水的鸳鸯是你和你的阿哥吧

4

想把江山染成玉玺，不对
再把社稷染成帝王，更不对
先染家园吧
美好民生

民生是圣地，笑容绽开的花朵
那是玉玺
岁月静好的平安，白了胡须
仍是帝王

5

金木水火土在蜡染的画布上
传统至今
与万物交换眼色，风俗呈现多彩
问八八六十四卦，在画案上

演算到几卦了
一个古老民族向往美好的故事
是灵性最美的图腾

致新堡布依族乡党委美女书记

趁弦月那弯刀在夜里割云
脚步执曲径割回忆吧，让我
磨刃

割破遮蔽月圆的雾气
圆满给他人
诗提灯笼到民意的流域
寻找香纸沟清泉流动的婀娜
多像她呀！美得高贵
俏得明媚

时间可以是食物，喂养年岁
也可以是春风，闻香花鲜
似近还远，如远却近
她，与土地贴心的人
人脑是地球的第二个地球
播种生存，发芽爱心
爱是时空的资源，这方水土
有她这样的优秀，云彩也五色土
生长阳春

她之窈窕是林荫曲径，两眼月照异乡
云淡也是乡村风景
面对她，似面对一枝东风的微笑
见蜜蜂仰采，高空在上，也许
也深感自己是穷人

夜宿乌当

天有九重，我住宿 21 楼层，开窗
见峰峦踢落日进黄昏
亮人间灯火

灯火是乌当开给夜空的证明
人心秘密的库房，陈放着阳光
供应天亮
乌当之夜如同煤的矿藏，是的
人是时光的消费者，气候的赛场上
生态人的心态

什么意思？我早起开门迎日出
山，举槌敲天蓝：当当当
担当今世，何计后人评短长
凡是过往，皆为序章

夜宿乌当，天有九重

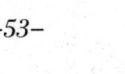

我住宿厚德载物的 21 层楼上

煤矿工人

1

煤是地下的一座银行
取款归来，他们
身上还有太阳的余香

挖掘温暖，汗透工装
归来温馨入账

2

下井，敢掏地心的腰包
与地心交心，回家
无愧儿女情长

他们还是电力，光明万家
敢问地上，谁知矿工最懂苍茫

山中书

苗岭的早晨

苗岭，你早！重峦叠嶂有雾承包
心驰神往给天蓝
远村近寨的心事，水碧碧赶行程
山青青鸟雀闹
日出冲天破地喊一嗓"好"

好啊！苍天授命，大地育化
苗岭春晓

2022-1-6

自己的家园

人在自己的家园，还问
"日暮乡关何处是"

把内心掩藏的那些隐私
都给乡愁吧

桃花源是想象，西厢记只在"记"里

回归寻常，安详中静静休息吧
或从酒香掏出那脸红颜
以醉意摇晃那柳腰……

我敢肯定，人心都是相似的
都会有类似的心灵密码

春风从我身心路过

春风从我身心路过，开一朵笑容
不嫌我老
几只蜂蝶飞来，吮我意味
拈花惹草

思春是东风转世而来
脑海里是美人鱼，心花儿含苞
想必是老天返回地面，借我之老
展瓣心有灵犀

总之
我已接收到神秘力量的暗示

雾

雾提山峦的公文包
坐在河前

脚步在河口找拱桥
有鸟啼通过，一个
挑粪的山民
他要上山去汇报耕播
寻找生存

日出的答案
还在雾的迷茫中

2022-1-9

高寨写意

寨子挤在山里，烟火味儿在云里
远山近水的走势，从高速路上来
收获我的视野

路在山海的浪中，沿途人家似鱼儿
停车远眺，品味青山绿水的鲜活
忽见一寨门前采霞的女子
是谁呢

哦！想起来了！斜照透林隙而来
正是昨夜梦中的林妹妹

2022-1-11

高原

山到高原坐坐，时间长了
就一座座

高原有江河安凳子，一条条
千里就迢迢了

凉风说，云雾爱到高原歇口气
一歇歇，岁月也山清水秀了

相亲天然

白云在蓝天映日
留下一堆堆白天

施肥风雨，花草依山
红了绿了，闪电一节节炭火
邀雷温润梯田
颗粒相知相惜，冷暖粒粒
皆是水弦伯牙
山指子期

最相亲，还是人为
顺其天然

堰坎写意

河水检修雷电，浪浪翻堰坎
喊险
浪白的长裙，只可远观

那是云的杰作，经风雨剪裁
打扮时日

青龙山营盘

营盘如龙盘，百年之前躲匪
圈养平安

进出营盘有石门，野径盘曲足印
石砌的堵截，枪眼外几坝农耕
是先民的生存

山势盘龙，石墙相拥
生存设防的回忆，在县志里
是一方文史的收成，我从中
找到今日的钻石：太平

家山

年少翻老皇历，老来明白是沧桑
皇历已现褶皱，沧桑茫茫
庄稼在田土里播收……

月亮在院坝光光
太阳在头顶晃晃

过去过得短暂，未来不知多长
一晃几十年过去，星星还是星星
树上知了的叫声，说是知了
心还情窦初开，留恋的山光水色
已远了

青山巍巍，坡坎款款，云白悠悠
水绿潺潺
本性从乡下移栽市区，仍是木本
额纹皱皱，心有刀痕，服服帖帖还是勤俭
这也是我的沧桑
在家山

山水日子

山水在林竹里隐居
菌生阴湿，鱼儿陶醉浅池
日子不急不缓，峰回路转
常与清风明月交谈家长里短
心结系藤蔓结瓜，如果可以
去花谷闻香，与一线天缠绵

山水里有陈旧的传说，春秋描绘新意
反反复复生息繁衍生命栖居
人也山重水复，向往柳暗花明
骨肉心事，盐入骨，辣入味
油盐柴米已然传奇

乡情食堂

方言与乡音，是乡情的食堂
荤素古色古香，配搭山水草木
龙门阵宴请普通话，给远客
祖传原生态

乡音里的天空，是童年的童话
眉睫檐下飞燕子，衔泥筑窝
老房子，青石坎
伴小河流水养花开的声音

方言是人的祖传，山水抱大的广成长
从脚下到天边，粒粒心语
回音父辈的训斥与养育
乡音永是母亲
临盆的疼痛

云儿蝶翼

云儿蝶翼，风雨一卵，晴好一卵
卵生天意

众望撒网天空，天地两岸
天蓝彼岸，地绿此岸
日出坐看云起，月升照梦魅
昼夜前胸后背，人世
似张嘴的河蚌，名利似鹬鸟

福寿是壳内的祈祷
似朝露

黄昏时

山水的号码在变小，给夕暮穿着
星辰在薄云里

宇宙流浪远古洪荒回来
奇石坐在一棵树下，看泉涌
仍愉快地清澈
浪中有鱼

迎春花

一群女子，笑声香气四溢
在一院子

一篱迎春花，几树阳雀叫
池内鱼儿几尾色彩
自游得意

日影把手放在围墙的胸口处
在动心，像有责任的男子

垂老吟

1

院坝在晒太阳，问麻雀
稻子熟了，不愁吃了吧
一枝红叶，指我看老妇脸色

几蓬草在泛黄，数棵树在苍老
天边夕照老像挂历，翻过秋色
该降霜啰

山 中 书

摸一摸头上白发，看坡上
一座新坟飘白引魂幡

2

星夜寻找位置，来我灯下
缘分啊

我为梦想站岗，以拂晓的口令
圆旭日为丸子
喂鸡啼

老了多失眠，余日催早起
黎明静悄悄的

3

山是云雾抱大的，长高了

日出定睛一看，泉流冲口而出
我在云里

雾很乳白，还为晓月喂奶
露滴滴，很天真
风没吆喝

2022-2-15

山居写意

阳光一碗热汤，给霜秋喝了
庄稼满面红光
门前河流解开纽扣，一片一片落叶
在给鱼儿喂奶

家门开向日出，后院暮薄
月色在生霜
远处小路在下山，其他的路
跑进朦胧

高空是星月的家园，哦
天的那边的那边，传来几声夜鹠子鸣叫
不知在喊何人

2022-2-6 抄改

截句

1

山里云在爬坡，有太阳的足音

香飘与绿化，鸟啼登枝

柳拂风云，河里鱼儿
在沉思
两岸胸有成竹

2

日出月落的起点与终点，
在天蓝的统治内
光明也有自己的活法，
在昼夜的轮回中，不曾越矩

天空也有内心潦草的时候，闪电抓瞎，
雷的种子，长出万物生机
叫自然之治

3

奇遇也有自己的身世，比如残荷
曾借月为玉，让人目光玉洁

还曾经，动过春心
约过黄昏，那叶依依
守根莲藕，湖水也开怀
曾莹莹地将之抱紧……

4

红日之唇吻过碧湖之唇
是天明见证的

之后日出滚进湖波，鱼儿想吃
鸟儿啄过，一枝横斜倒映水中

鸟啼静寂，几片云飞
被风吹皱

2022-2-10 抄改

山野游

到山野认识植物，它们问
你是谁呀
鸟啼温习先辈的语言
"快快布谷"，春播游客为种子

万物的活法
相似人子．

2022-3-18

落日

以云抱头的落日，在西山
像人燃尽最后的火车蒂

夜雾似烟圈，在山的手指上
抖夕照如灰烬

2022-3-18

春风得意

燕翅剪裁阳春的尺寸
按蓓蕾开放的心情
嫩芽如少女妙龄
春风得意，回山水原籍

给山水打开愿望
身心心包里，揣着一寸光阴一寸金
柳绿临门

白岩写意

山头是老和尚吧？亿年撞钟日升月起
山下鸡犬相闻，至今日

天蓝在涅槃地绿吧？农耕在转世
云白花红敬香，半山腰缠碧水
老和尚入俗

路陪人上山，亲近白岩
相玩逗趣，山也像老孩子

山雨

云交友，林竹作证，晶莹成群
欲断路，风还是赶来问花草
冷么

禾田坐在山下，告诉过河的鸭儿
快借柳丝，给鱼儿披戴蓑笠
几只蛙跃出水面，撩了撩雨珠
追捕虫唧

茶山写意

天蓝倒阳光冲泡青山
泉喝叫好

茶山举着绿茶的杯子
敬门前小溪，几声犬吠
与柳岸对饮，黄昏
一转身又来人世温习采摘

与人和睦相处一茎一芽
一壶口碑

一网藤蔓

大树倒下，藤蔓一网思索
攀升的机会没了

匍匐吧，鸟虫也会报警
残阳施舍残汤，冥冥中
因果有报应

藤外花开蝴蝶，鲜美
飞向众生

火烧山后

在山里，野火之后的农家野味
是罗家菜，握拳头的嫩蕨苔
野火烧糊的柴，偶有鸟啼在啄
半死的虫子

天空，蓝得更高，泼一盆阳光
黑糊糊的山似墨水
等春风动笔

第二辑

静渡尘世

尘世声色

1

微笑的价格多少？加上礼遇
和孝心的价值

结账诚信，票子哭了
空了腰包，多了躬腰
慨叹有谁扶起

2

岁月之河往人嘴里奔去，
腹中有海么？
撑船的宰相，是否碰见李白

沿河谁在生产大瀑布
意象的黄河长江已够汹涌
时日之杯盏，跃动几多嘴唇
在跳龙门

3

远古的星辰都摆在桌上，
斟吧，斟明月光

千年的苦等举杯回味，逢知己
千杯嫌少，莫推

4

容纳本质，易喜坦诚
本真在宴请，酒至精妙处，
月缺碗破，仍见饶舌……
零星酌鸦啼，蛙声发言别吵
泉流不问自答

月缺原本是老天开口，有人儿
在梦里接话

5

都在天的巴掌下，人子蚊子
地面，彩蝶飞
人面，落叶遗容

时日手掌间，颜面票面

世事纸张，人子、文字
生老病死四个据点
挤满年岁

6

世上人头似锄头，把天空挖空
挖空心思
心上田野，燕翅能斜飞么

日月星辰四蹄跑动如牛
人活长一些，懂了民谚是鞭子
千里马迢迢，虫儿款款，
咫尺都是日子

不要山山是万吨黄金
只求梦里黄粱，粒粒是真

7

一个人睡在她心中，两眼放哨
口在喊：起床，黎明到了
她的热爱很阳光，至亲至爱
月明日红

8

天空向下扔阳光、月色
人向天空弹眼神、脸色
风雨雷电不敢作茧自缚
不怕非议
时常说教

9

人的三角形与事的四方形
心是圆形，嘴是扁形
血脉是流线型

先验理物
天赋异禀

形若秉性，大道无形

10

东西南北在随人转圈
高矮落差，长宽茫然
上下左右存在其间
困惑张望，莫测渊源

体验没有明白，只是发现

11

梦很神圣，人是梦的精灵
无质有形

有形有质至无质无形
生情茂境
天堂鸟和水中鱼儿都看见了
悟之醒

12

杯里陶醉，有谁落水
灵性漂起来啦，一脸红梅

谁在醒里扑通，那是
天堂有泪

13

这世界，在许多包装里面
提在食色手中

包装里梦幻，传来钞票的笑声
令某些欲望舞蹈

头脑旋转
甜甜的广告，苦苦的内核
最出神入化，是某些脸面
以此为价值

内容呢？
鬼知道！

2021-8-9

有感

光明正大老了
越老越像个孩子

与谁厮守呀？诚实坐于轮椅之上
还一本正经照镜，能站起来吗

诠释

柔弱是婴儿的，无邪是道德的
卵石是流水的，得失是人生的

切莫乱了"的"字那一点，否则
王不能作"主"，家就是"冢"
"心"字三点，悟不透
灵性也是零碎的

"的"是沧海洗亮的珍珠
答案是自足

问鹰

天心问鹰，云涌日出
是淘金吗

宁静震撼，凝望里跳出星月
鹰敛翅
听蛙鸣

想问鹰，你代表飞翔
签名居高
晚霞流血之时，何故
只听见呼啸孑然

2021-11-1 抄改

神像前

庙里神像人，世间人像神
世人拜神，听神喝问
人面神面相似
谁跪下了？造神还躬身
还不站起来
烛光打跪者耳光，燃香在一节节矮
化纸愤愤已纷纷
灰烬的烟火
得寸进尺

庙外，悚人的神速
是世事自己
生存所剩的资源已无几，还下跪
丢了自知

人啊！上苍给你的时间
用于求神，不如来自己
勇于做人吧

气候

谁把"人和"打碎了
问"天时"爸爸，"地利"妈妈
事情是"怕"

一句话可以打雷，可以涨水
雨后之"忏"，"悔"若是庄稼
营养匍匐
谷还敢扬花么

凉风呼呼
别让晴好看笑话

天人

天蓝大床上，日忙白昼
月忙夜晚

阳光灿烂给世间发信息
"家人、朋友、日日亲"

月色溶溶为恩爱铺睡梦
"故乡、他乡、月月明"

人生百年，时空万岁
日月之隔，天空之空
也像民间某些婚床么

印迹

从女儿跑进妈妈，进而老祖母
额纹的跑道上

活着还活力，孙儿孙女是利息
皱折开秋菊，青丝铺冬雪
私密春花鲜艳处，那束回忆
能讲述么

是的，那是人老食宿的零用
个体的私藏，偷笑
偶露印迹

拾意

1

别把伤口当借口

2

希望也折磨人，须知
成人的世界没有"容易"一词

3

抽刀断水，命中的那条河
虾蟹剪浪

载舟和覆舟，于人生与社会
与其坐移问梦想
勿如回答已几更

4

拿着牛鞭催问高速特快，说是在
探索未知

抽象的无限可能，的确
最接近莫名其妙

5

心意从来无定居，血气互补
俯听虫鸣，仰闻老鹰啃天空
看格局

6

聆听春笋破冰
心就萌芽

枕石磊落，听落井下石
梦也在他人手上

7

给瀑布祝寿，浪就白了头
瀑侧几柳黄昏，月上枝头

边流碧水
青丝飘柔

8

火焰是红色，秋色也是
红叶招展霞光的旗帜，呼"万岁"
雪山就白头

9

他人语气是自身周边的氛围
刨开唾沫落地的碎片
见到自己的春天
2021-11-6 抄改

致意

朝阳变夕阳，只一天
夜梦至黎明，只一晚

树大是斧锯的材质
根深是林竹的盘缠
用心"思"田，"男"力于田下
"牛"踏一横
向"生"存致意

看旗袍表演

立体的流水线

浇灌悦目疯长，不知往矣盛唐
有感觉没有？美在人性的故乡
波情意之河，忽见
叼鱼的鹰翅

现代风绽放的花朵，让时尚
也很窈窕

谁的构思

银河系、太阳系，系主任是谁
行星、彗星……相互的座位
是谁安排
亿万年来，地球这绿色之星上
恐龙、人世、智人，学业继续
宇宙大学堂内，历经岁月考试
古今还未毕业

这太上的空灵，无垠的构图
谁的构思啊

举杯生存

云雾煮日出，阴转晴
上苍斟人仰望，温婉一壶
劳动者们
喝

天人互敬，智勇有血汗
举杯现实

2021-11-15

心事

衣裤装饰的内心，内有阳光
也有阴影
需要燕翅的剪刀么？人生一世
花草一季，还有一岁一枯荣
是岁月的法则

命运

上苍把人投递给人世，还投入命运
四季安排"变易"，君子以独立不惧
谁是教人的老师

人都是自己的主子，吆自己为牛马
在世上

自己承包自己，分管自己
小孩子，大觉悟，以为懂了许多
实则是自我变换，常在
自己的矮檐下

谁在聚问等答？众益吾否

一件事

抓起一件事，放在事后
等有了凉意

再想一个人，忆起一件事
一只小蜜蜂，飞出人面桃花

一纹鱼尾穿过的生老，白云之下
青丝梳理的燕翅，昙花一现
时日已换了姿势

非悟

一夜之间大雪清白，冬传冷冽
天气总是对的

烈日烤人面，旱情龟裂
闪电是上天的掌纹，巴掌拍蚊子
防吸血，也是对的

耐心合抱灵肉，凡尘朝朝暮暮
迂回左右，始终明明灭灭
受制于天气，人啊
应时刻做好准备

2021-11-23 抄改

在吗

在吗
还在碗里、衣里、床上
世道上……那就好

碗别动荡，别掀风暴啊
衣里灵肉应知冷暖
床上别把恩爱弄丢了
路上千万要记住
行进血色，别挡住自己
哪怕在众口的边缘

在吗？在的
世态似人脸面，很滑哟

关于白

晴朗直白
雄鸡报晓的道白
冬天飞雪的洁白

旭日东升的明白

清白一词，像天空很空
空灵也别忙于表白
人生百年，霜白月白雪白
明明白白也忽明忽灭
闪电白在雷鸣前，雾也争一口气
生活不需要百分之百
梨李花白，于阳光下
还须经历夜黑……

运转

日月星辰是天堂的家私
天色，在人间世俗

东西南北四把椅子
人各有位置，那是生存
要交纳费用的

人一出生就获得两利
天的虚怀和地的踏实
与万物为邻，至于上下左右
分合来去的动静，都别忘了

泥土的扶持
阳光的救济

地球也运转奔忙，人活不容易
的确与莫非，得得与失失
渐渐地习惯了，也就一生

意味

深入了么？深入了
深入了什么？祖宗早已探寻
人性的黑洞

还有什么？还有什么于本性内
追根更深处，事关生机
在各阶层，点到为止
说破就少了意味

活着

大没什么大不了，小没什么小事情
长长多匆匆，短短也忙碌

累把田丢了，系解了
苦把草铲了，古舍了
莫言心事

内电不敢扯谎
雷鸣有雨的议题
才有春暖花开，时日
方杨柳依依

活字如果缺水，舌干口燥
没汗与泪滋养，仅大小长短
寸心是金
还有人吗

看看

月球上看地球，才是绿色的"真心"
美吗？美！远吗？远！想吗？想
惊喜吗？惊喜
人类活在地球上，生命一次
下辈子还愿是人吗？愿意

星系成群似人群
懂吗？懂！懂了什么

人生很短，一笑一哭一悲一喜
一旦擦肩而过，就过去了
该珍惜吗？该

想起嫦娥奔月，今人登月
月月为朋，人人头脑与星系
该是心星相印吧？是的

2021-11-28 抄改

俗人俗事

1

阳光在他心上跳舞，跳成
红颜

梦里你好！一声声你好
不愿醒来

2

闭目周游她的全身
缭乱喜不自禁，难分虚实

求之不得则思而得之
一任风吹岁月

3

哭笑的浪潮谁没见过，人人都是
一朵朵浪花

昼夜旋转，盘点得失
时日在忍耐，待恍惚大悟
人走了

4

暗河藏在心里的话，忍不住还是
说出来，是在告诉两岸
这岸出言有尺
那岸戏谑有度

5

世界一张纸，都在争着撕
撕心裂肺……再点一把火
灰烬纷纷扬扬

6

因为绝望，虬枝求生在峭壁

山 中 书

有一缝逼仄，也亲亲地痛吻

扎根风雨多险
还奢望什么呢

7

血洗内心，泪洗面部
汗洗肤色

个体的宽窄，两手相抱
两脚一步，心思的起点与终点
家是一屋，墓是另一屋

8

时空的大房子内，人怎么折腾
也非主人

借永恒一碗茶酒洗一洗自己吧
或是在自身的脑海，游一游泳

2021-12-8 抄改

读记

1

天给人类供应日月风云
人回报天地生老病死
天不言，雷电替它说了
人话多，临终皆是无

2

人一生
不入色、声、香、味、触、法
无得无说

真话浓缩时空
维护运势通达

3

慧不可量

因欲力而力所缘之力
乃观察、思维、蕴善、精进

以恭敬供养
为依为救为趣为炬为明
为照为导
则一为导二为胜三为妙
生无上

4

居安无疑，来去有道，悉能通达
自在

于是随处祥云，随处芳馨
微妙因缘，知行真处
听声，勿如观音

刀杖身段窈窕若险路
无畏则贼，愚痴恭敬
祸也

5

真相之外的真实，
不可对人言说的真实，
在残缺、丢失……
人心是生事的金银铜铁

比如婚床上的圆满，

另一半在照他人之梦
比如亲情中的完美，
另一断臂已无法找回
比如……

就像天上的月圆是相思
也是泪眼，还似快乐的铜锣
就像星星是小姑娘的纽扣
小男孩的炒豆
就像……

因风，地上卷起的灰尘是真实的
因雨，天上滑动的雷电是真实的
所以之内，真相的鼓面
咚咚响着人性

7

回音撞响的钟声，
可以是槌跌落的鸣叫，
可以是弹弓解散黑云，
可以是雨……

活在雷声的嘴上，
可以是风……可以是闪电的痕迹，
可以口若悬河……

岁月之岸上，一些大网和铁抓
抓漂木、网鱼
一些房屋倒塌，还有漏雨的寺庙
在倾斜

8

聊一片寂静，林漏鸟啼而花开
片片滴滴青瓦檐水
在牛羊嘴边草儿青青
也是人体内的时光和故事

吆喝从荒蛮响至今人众口
皆碑也仅是原始的音符

9

人从母腹胎衣的缺口出来
数天空星云，一晃眼
已被时日悄然带远
借梨花比喻雪花
头已白了

眼角两滴新泪，滴落
往日的夕阳

2021-11-21 抄改

跪很贵

跪很贵
膝下真的有黄金么
人们口中有天，是人活那口气
最贵

贵在于活着
跪者谁？立者又是谁
作过揖的双手驯服双足
得到什么？跪是东西吗

山向日出致敬，也许是因为
昨晚落日跪过

婴儿报到

父母介绍他到人间，昨夜星辰
是介绍信

母乳黎明，他是日出

人间母怀，最爱欣欣向荣

别哭！打开未来的钥匙
在你小手紧握的拳头里

喝吧

听见杯盏代表酒神说话
喝吧！日精月华
高粱和麦粒先喝够日月
再反哺饮者

日月是用来养人的，举杯吧
神的孩子们
世间是泥土，你们
也是高粱和麦穗

2021-11-22 抄改

失眠

1

童心是禅
成人陌生路

2

月光有伪装没有？星夜
满天记忆的疤痕
在时间的指甲上

3

天蓝漂云白，青岭捕鸟鸣
风声因何忙？飞瀑放牧峡深
浪追山不去，峰回浪转

4

云雾鼓足勇气承包远山
积蓄露滴

太阳了解之后
呈现给天空

5

把头埋下来，山还是那样高
水与高坝打赌，岁月拦不住

岩的傲慢形成所知之障
绕个弯，草绿还是上山顶
与白云会面

6

失眠中捡到的几粒白天
在昼夜交错

穿双眼一双鞋子，踏向他人
已"但是"……

2021–11–22 抄改

集句

1

与其说看清了他人
莫如问问自己眼瞎否

2

悟乃人类富翁
面壁涤虑是福

3

天门不紧，跳出青山，地绿收养曲径
花坡好色，招来白云，树碧放飞翠鸟

4

放松心情，但搜奇峰配水碧
怡静释然，且迎飞禽闹日红

5

落日减法旭日加法

人生四季四则运算

6

九杯忘情醉，归一远是非
何以得天助，得失知进退

7

睿智竖排《春秋》，尔问读否
文论横跨《南北》，吾知践行

8

我捐日出予尔美容
你捧月升助吾安神

9

尖峰岭上种黄金，天作茶饮
四衙寨里养能人，地捧壶泡

10

竹翻悠悠往事
雀闹闲闲落日

11

进退开合天下

加减乘除世事

12

横视得失

纵观荣枯

13

蝉鸣挂晚枝，恋歌盼谁知

柳垂钓梦魂，叶红自题诗

14

心事凭谁诉，梦醒月已偏

李白去也已，菊黄冷窗前

15

桥横通途，天知何去何从

山肩大道，地晓谁宾谁主

16

天以日月照顾我，我很明白

山中书

地用山水呵护你，你应清楚

17

云白鸡啼白昼，给你
花黄犬吠黄昏，让我

18

闻远香而来，来者还有何人
趋近利而名，名声所剩几两

19

鸭以绿水洗脚，从不穿鞋
柳用清风梳头，未曾扎辫

20

长文有酒邀月饮，李杜入席
短诗无量约云吞，关张劝醉

21

无云落红下雨，瓣瓣湿叹息
不火雾白生烟，绕绕缠情思

22

日月皆明，天有难遮之眼
女子相好，地无可欺之心

23

可有三点成河，人立可前如何
天少一横乃大，天口吞忍则神

24

大造无私，身正不忧不惧
仁厚有脚，等闲有始有终
2021-11-24 抄改

似曾相识

日月是路灯吧？地球转动
我在步行

时空的圈子里，听见呼啦呼啦
运势在吃汤圆

人生与地球，如是自给自足

相互练习自食其力
记住个数，日月、星系
人世共万物交易亏盈

亏盈也两盏路灯吧？照循环运转
那时与这时，似曾相识

大慧如痴

白日依山尽，李白已尽力了
山海升明月，天涯已比邻了

日月之明懂浪漫
万物蕴含芳心
灵悟开花落叶，啼笑不再
顾影自怜

举头看明月，李白已尽力了
天涯若比邻，想想张九龄
天意神工雕日月，大繁就简
留住微笑，大慧如痴吧

2021-12-18 抄改

沉默是金

沉默是金，少说是银
用费应该够了

不哟！腊梅是金，雪野是银
冬之廉洁，是非分明

更正：白里透红
是春天不远了！懂的

格局

秋之删繁就简，雪以白抹去
显赫呢

雷响笃笃叩击惊蛰，采药春风
夏能长生不老么？霜风又至
山荫一团和气，忽又
握成冰的拳头

飞雪，你打开天窗说亮话吧
人脑之思考，对应万物
红与白，使用的是同一程序

2021-12-19

物之所用

就要化成灰，木材请求火焰看看
那把斧头和刀子
卷刃没有

磨石上，斧头和刀子咕噜
我们原本是铁矿，也是
因为火

灶孔和铁锅热烈争论
灶冷锅空，没吃喝
资源还有用吗

院内外石坎、石墩、石板路
问石狮子和石碑，有哪个
逃离过锤凿

木桶

木板与木板箍成的木桶
借助篾箍，盛水装物

两个桶和两副桶系
对一根扁担和一副肩膀说
闪忽闪忽别骄傲
没桶的统一，你们什么都不是

沿途林竹乃至棕麻，教导挑者
懂了吗？这就叫"自负"
人世似桶，绕太多的圈子
先管理好自己吧

寂寞

把寂寞从内心搬出来
建一座寨子

三五日，几十日再进去

断电，黑暗发现有人，犬吠
竟然汪汪地狂叫起来

阳光在体外哈哈大笑
树上乌鸦在笑栏内猪黑
总让寂寞把自己弄老
还能剩点什么？让自己快乐吧

随笔

1

睡了昨晚，在板凳上
又把白天坐了一遍

目光御批，接见未读的书报
翻阅时光，年少已老年
老让时间在字里行间，真累
还是出外走走，自寻空闲

2

字词与婴啼怎样入诗
脑子里空出的房间，该分配

哪些字词入住

经疲惫批准，躺一会儿
突破自闭，与平淡结缘
该心疼自己啰，血啊
别再沸腾

3

醒来再翻书，往矣的陈旧
打开仍有新意，诗随白天正落日
人情冷了，懂了温暖
只有自己的体温

笑对空无，灯前没人影
寂寞老地方，已熟悉

形 势

笔画从纸上站起问文字
只是唧唧复唧唧，是否听见人心与人心
在发出呼啸之声

欲说还休以内，杂音盘旋

纸质与微信之外，国与国之间
炮弹已不沉默，想象
亦非一片空白

混沌逼近，生死事大
茫然已不深远

让累歇一歇

无在脚下，空是行李
让累歇一歇，时日长青苔
寻常百姓家，从身心
滑过来

眼角那滴泪，别化作悔
舍去爱和疼，让日出壮美
人嘛，一生也就一碗一床一路
一无空寂

一半红尘，一半梦境，斜阳外
芳草深情，绿亦伤心碧

阳间

果实是花朵的葬身之处，
众口是果子的坟茔

人埋土里，长出逝去，像鱼儿游低处
鸟飞高处
大自由，大沉默，历来循环如是
春花秋月

花食天光，月吃黑夜
没泪水和血汗的地方，不叫阳间

放自己在手心

1

放自己在手心，了解自己了吗
被人放在手背，谁会怜惜
都是肉，避开利爪就好

2

让人牵手接管自己，心思
容易受到羁绊
让人握手亲近自己
磨损睿智

手与手之间锁钥的人事
解释天涯与咫尺，知道
一无所知

3

过去与未来并不存在
现在的生活
是拥有和丢失

昨天与明天握手，人世手掌手背
十指瞬间与百年，终将空寂

2021–12–23 抄改

因果

播因如种，果然如秋

人性土质，时日循环四季
落叶寻霜
花开迎春

一些活着活着就埋了
一些成长成长就飞了
习惯了从这一个到另一个
天圆地方的形状
还是人与人

因果是有的，过程还是
所以之所以，时势如地势
命运如锄犁

遗余

1

上苍乘坐旭日来人世
分配阳光

阳光在人语气里藏着运势

2

口若是伤人斧，言是杀人刀
一生凛冽

3

言行埋雷，命运是导火线
许多机遇
是这样被炸毁的

4

老岩也爱云彩与花色
养颜玄思

时间是春秋的变体，抽空
请听雷电喊知己
是你吗

5

哭有两个破洞，从两眼喊出来
泪的吐露

疼吗？一场大雨哭了
闪电划界伤心

6

山耸成肩，曾想
承担这个世界

双手握成一条路，追寻天理
夜色追问，你是谁

7

凤尾竹弯腰，水田
伸手可及

斜坡上，蝉鸣倾斜
林深处
鸟啼隐逸

8

出生在母亲腹部
离去葬山的腹部
花开与落叶经营的一方水土
飞翼投影世俗……

2021-12-29 抄改

山一中一书

危险

坐在一些想法里面，把天空往下扔
站进一些容易里失忆，脉脉含情
了无痕迹

乱了，到一些声音里挪动影子
四肢在四季异己
跳进一块光亮休息一会儿
野心东张西望

欲望被提醒：危险

明白了吗

生命与时间之外，是否有始终
瞬间复瞬间，是否就永远
我不知道

活在生命与时间之内
被翻新着、改造着

来去轮流着

饭碗中的治世，茶酒里的立言
碑立众口，哪几行铭记
是真的

门

谁可以放心如鱼游弋
任网钓追问……
谁听潺潺水声，生羽翅
飞流继续

谁能有钥匙，打开和关闭
逃出随波逐流
不怕鲜美匿名于漠视
卑微而草色青青

现在点名，真相到没有
真话呢？装聋就可作哑吗
善心不能成为摆设啊
门

2021-12-31 抄改

乐隐小品

1

有道则见，无理则隐
退让之间宽敞自己
宜于进出……

2

野径单枪匹马，向落日
盘山而去
荒草中的牌坊骑大山巍峨
奔驰天地悠悠，挽弓弦月
几响虫鸣

小桥拱背跨过流水，直追
远山迤逦，蓦然梦魂归来
路的尽头
星光闪烁

3

细雨湿篱，春色绿枝

乡村妹子娉婷，笑步移云
菜篮滴露秀色，几碎晓星
归路溪桥花正好
两三蝶
数声莺

4

已天蓝日红，再往前一步
前程会流血，忘乎所以
是将自己，勇于牺牲……

5

往事没如烟，山岚轻盈
有远山的坚持

思索灵性，天地之悠悠
雾绕峰峦，绿从绝顶出发
向空空如也

6

眼色含情为羽毛，在风中
共云飘逸

脉脉记忆

还吻日红

简朴让人高雅
繁富回归简朴
是为食色瘦身

7

花朵的先驱是叶子
红花是绿叶微微一笑

日月睁只眼闭只眼，单眼看人间
世人眼波开莲花，七分好色
三分脱俗

高雅一庙出尘，随意若隐若现
情能生天地么？委屈在成长

8

地绿回答天蓝，一碧河水中
白云淘金日出
林竹筛阳光

波收浪的费用，河打条子
鱼虾付账，网钓取款
高处，几挂瀑吼

9

溪泉一袭超短裙，窈窕出峡
像《诗经》中的女子
峡夹一线天，划分鸟啼
一行长句

有兰草挂晶莹，蘸泉流发声
听我悄悄说，请你细细听
山深不足畏

10

鸟啼播种，长出山峰
任林竹攀爬，绿向高空

鹰翅划桨，在山海
霞涌日红

2021-12-31 抄改

因酒而咏 (组诗)

夜饮湄窖酒

在高原喝酒，吹熄夕照
与初月对饮

醉夜色入味，品味星星
忽觉天外客借拳声宵夜
飘逸幻影，航行山海……

莽莽
复苍苍

烫记忆

把记忆烫着喝，一壶酒
一杯情

惊奇地发现，年深月久如酒
年年 365 天，366 次品饮
味儿依然禅意

既然记忆有漏洞，就进入吧
今日有空
梦的旁边，星月有颜色
就模仿霞涌日出
2021-12-31

夜醉

1

似乎联手仿佛

默默斜照宁静

一焰黄昏在灯上

酒啊、久呀、九哇

蛇影龙壁

2

白昼逃啦！星辰咿哩哇啦

夜雾生气

影之翅翼，在谈笑之间飞翔

余香彷徨

月在门前，山影桥上

忽望为窗……

3

时候在浪费时间，还有瞬间
想沾亲永恒

发现许多倾刻在之间斟酌
错乱归来兮，推杯入胃
讨论山重水复
嘴唇两岸柳暗花明，遵时序
并没随心所欲

借问往昔与现在，是否
也论资排辈，只记得
我已七十有余，还忆年轻
在那时……

喝郭坤亮酒

酒有三点水，涨涨涨
河有三点水，浪浪浪
三点水三口沾唇，品品品
一口情悠悠
一口意绵绵
一口酱香香

喝好酒，弯弓给天穹

极目给飞翔
交好友，干杯天空也空灵了
脸上升日出，满面红光

三点水滋养世间男女
马鞍山跷拇指，喊好
赤水河站起来，亮嗓
三点水风情万种
激情江河，涨涨涨
柔绵友谊，长长长

碰杯哟！喝日精月华
天乾地坤明明亮亮

朋友

朋友的朋友，也是我的朋友
二月并肩为"朋"，不分高矮
乃人生之幸

人心源头的本性，最接近飞禽
没翅羽而拥有友情，情意乃天意
窖藏日久，香味越醇

放低自己也是解放自己
吮吸泥土的营养，长出秋色

听鸟啼洗红日出

如是笑容常开，你会发现
一切的一切，贵在诚信

问如何

1

山若皆碑，海即众口
问如何？岁月如河

鱼儿芸芸众生，时日如浪
如何如初，山还那么高
海仍那么矮

2

水变成电，夜没黑暗
滔滔生动白天

山之巍峨流动在水里
水怀春心

2021-12-31 抄改

冷

冷是人间的怪客，是它
多收了雪的银子

买卖一些滑倒，还说
冬是春的怀抱

心若寒了呢？衣服穿厚一些
好！让我脚步收冰的硬币

度日

苍天对人类的要求，其实很简单
天亮让人开心，天黑让人休息

生活就是一场戏，"红楼一梦证太极"
"角色悟空戒世人"。还有呢
人若少心病，阎王也能多闲适

还有呢
没了

永恒

永恒凝视中，谁敢无休无止
永生之梦只有睡了，鼾声拍击
给别人听

是什么呢？开天辟地以来
一切的一切，只是无限之余
于千篇一律的故事中

闭上双眼
尽头的天空，那颗星星的闪烁
已记不起你

请教

1

黄昏越来越矮，想学星光
在云里散步，闪烁天下
跟着月亮走过长夜，想学旭日

圆润光明

一生仅小草气味，想是人性原生态
野火灰烬之后，春风又吹谁生

2

随小草绿向山顶

路拉脚步一把，向高处
云雾再拉一把，天蓝坐头上
风说，放他回人间吧

这才感到永葆童心
像个娃儿就好啰

登高

登高望远，人的视野如同
一个圆形的坛子，阳光聪明
将人远望也装进坛里

于容纳和宽恕而言
意念再大出万倍，"登高而小天下"

依然在宇宙的
目空一切中

孔老夫子
您老也有局限哟

人头攒动

似老天撒在地上的谷种
有说是苍天的足迹，在岁月的路上

生存在薅秧，生活在"锄禾日当午"
人之头脑似星际的种子，破土遐思

保护生命的历程
地球原生态，精神超能力
都在物质的掌控中

无题

那一夜被婴啼撕碎了
黎明出生

那一天被阳光炸黑了，留下
星月的遗嘱

那个人，身心有万物生长
鸟啼就七嘴八舌

请

落日在下沉，快提起
它的名字

天意的心思变成了月亮，星光闪烁
从它两眼找到出口，趁雾有一口气
喂珍惜一颗颗丹丸
静养夜色朦胧

认出来了，旭日亮丽敲响警钟
请青山绿水入座

眷恋

几亿光年以远，那颗恒星
似一粒昨日

从俯望到人心之上，握闪烁
在悬崖边，扶持一树活力
不说"老来无用"，颤颤巍巍
在人眸子的北极光中
探险变与不变的人世

青春是可爱的青苔，那烛夕阳的返照
把渴望当乳汁

生存记趣

1

一只鹰在飞，晴空意味深长地
放纵它

树很绿，天蓝正当时
还准备了红日
峥嵘岁月
忽然很神奇

爱在播种人与自然
日复一日，许多喜悦向上生长
天地有喜啰

2

想象另一宇宙，另一生物的方程式
也像人世吗

另一真相的文明，相互和谐吗
家园和伊甸园，安装芯片和程序
人脑电脑换位思考
应该有情意吧

3

生在地面，存在根部
生的枝繁叶茂，根的盘根错节
通用的是水土

空气的面值，不能赊账
一如一心与四肢，预支太多

魂魄降低利率

人世的收银台上，无神韵持续

会出现赤字

记住，生与存合成的人类

最忌夸大其词

谁呀

谁在心中忽然一声，另一心回应

——哎！像小孩飞跑着跑来

——嗯！似鲜花朵朵儿红了

喂！心灵藏着谁的心灵

还有那老表情！都是客居的游子

安心异乡是吾乡吧

乌鸦

劝它别偷偷喝墨水了，只呀呀两字

不是文章

（记得一位诗人写过）

不哟！它清除腐烂，已胜过
好多作家

宠养

吃牛奶和驼奶长大的人
是被枪声奶怕的

妈妈把日月的乳头塞进他们嘴里
咩咩的、嗯嗯的……还愿吃草
驮雷、流血……并勇于
跋涉吗

从头到尾

地平线的腰带上，挂着钥匙
去打开远方，步行、车轮、飞机……

占据天外有天，人上有人
热望揣怀想，从来向去
一生经历过了，方知

金银的灰尘都化为土

风情万种又怎样？地平线的腰带上
人与人都是变形的钥匙

问答

是要心跳还是面子，岁月如群
访问人群

人们回答都要
心跳是晨露面容是旭日
其间众生如同海水淹礁石
没谁说出真相

见得多了，日历挺着怀孕的肚子
西风摸摸坟包，临产离去
一切，依然顺其自然

2022-1-8

远游回来

一处风景价值多少
一张门票

看遍天下又获得什么
一张张彩照

门票加彩照问价见多识广
眼睁睁，照镜老了

碰见天地拉手

烹调浪淘大江的兴亡
品饮生涯，天苍苍，水茫茫

眼色行天色的青石板上
幸会！幸会！千年红尘，一眼云天

碰见天地拉手，夜黑
紧握不放

山一中一书

某些事实
眼见也不能讲

矮人一等

把他人之脸往上看
再往上看

你的面子，就是地面了
地面万物生长，天空俯望你
还得低头哩

你的勾腰
成熟的庄稼熟悉

暗河

暗河在地下流通山脉
出卖地心

出口是现实主义者，收购潜水

接济禾穗

浪涛抬人望眼，看见世上
一些人的内心，在嘴上滔滔

形式

西山是刀斧手吧？砍头落日与落月
明亮死亡，山垭口像伤口

东山是美少女吧？诱惑日升月起
近前与远方都是明媚

日月是昼夜的标题，人间是故事
东西两山像两只手
合营天下，盈亏古今

恩威并济

因之雷电也很魅力，阵雨
也为万物换新衣

这自然的形式
多像尘世啊

愿望

愿望里有金钱流通吗
如果梦是银行

不会通货膨胀吧
一些命运不济，还等着
购买现实充饥

饱暖的市场上，有防腐机制么
要警惕某些铺面，似面子
在贱卖灵魂

潮汐汹涌

晨昏是昼夜的过半，于太极图中
而人群沸腾如水，某些眸子
只伸出汤匙

名利的钵中，有几多网钓
已准备了蒸锅，还是
那样古老

天长地久的酒于桌上
潮汐汹涌，我见日月之注视
与鱼目，在混珠

要说很好

已两手空空，谁还要
一无所有

摩拳擦掌呢？哦
还有拿捏，手板与手心
甚而十指

不会再抓扯了，不！没人握手
更多的空闲呢
举手投降好吗？对
要说很好

2022-1-9

生命与时间的密语

夜黑翻身
鱼肚白

被黎明捉住
喂日红

石板坐

这块石板是阳光坐过的
还发烫
月色说它坐过，现在我坐
天地人的温度，一行蚂蚁来感悟
风来擦了擦，几片红叶
又坐上去了

曾见一场白雪来坐，几点寒鸦
呱呱叫几声，默默而飞了

笼里

别人都到世事笼中去了
自己在笼里
家门开着

门外生存纵横，压缩世俗
自己哄自己，展翅回忆
哦哦飞翔
呀呀鹦鹉

笼里笼外还是笼子
啊啊海阔天空……

2022-1-10

友情

我捐日出予尔立威
你赠月升助吾安神
可否

或是：尔以玉为玺
邀你：二人土上坐
习惯吗

闲句

1

雷吼人就闭嘴，花开情就张扬
雨是雷的落英
香是花的牺牲
浅池让人看透
高树任鸟俯观

2

治疗光阴似箭的箭伤
夏绿支付秋色
秋色为人支付白米如雪

天意与人世有预约，疼痛是金
当然就有刃

2022-1-11

造物主的朋友圈

1

雀儿快活，矮枝上搭个窝

左鸣青蛙，右飞蜻蜓

鱼儿在柳丝下

寻红莲盛开

小桥拱腰让流水经过

2

云在行走，世人望眼在收路费

阳光是用金子换的

老鹰在天体内高蹈逍遥

一方水土的肖像，是它翅影画的

野花斑斓有价值

在阳春的市场上浮动

3

日月星辰那些蛋蛋，在人望眼里熟了
几枚给天空收回孵月夜
几枚滋补人的相思……

热爱天空，天晴如热锅啊
暖人心窝

4

天空云的窝，云铺雷的床
阴晴帘后，昼夜新郎新娘

造一个心窝，无垠恬静
檐下开门询问，山们
请进屋坐哈，有我相陪

5

手指的螺旋有故事，指纹
有血统的原始

指印在不同时间，按红
不同的事实
隐喻"同意"，自个儿之思

是经过头脑的地球

6

雨是天空在放生
雷电从云的笼子里出来
河是天空的遗嘱

在世间，一些生命
是另一些生命的食物，比如
人嘴是动植物的坟墓
两眼亮长明灯

7

时光的背面是人的脸面
两眼于睫毛的林下两口池塘

网钓与枪响之中，人之灵肉
生死路口争雄的脚印，许多明灭
在俗世去向不明

8

水性柔弱，一旦大动作
浪花也长出翅膀

恋情一群冲浪之鱼。婚姻像水稻
是鱼儿的粮食

繁衍
是传承的福利

9

日照山海，是红火把碧水炖了
还剩几瓢月色
太极池里黑白二鱼
进人眼波，趁上苍高兴

那株玉兰花
在称玉帝

10

早有鸟啼点赞，夜有星月在读
造物主的手机，荧屏万物

年年月月，望眼是日月
欣欣向荣一个"明"字
与人合一

2022-1-11 抄改

怕追来

路在跑，水也在跑，山没跑
传说追他，一个人摔倒

爬起来，继续跑，路与山水也累了
还跑……还跑……家还远着哩
背后传来狼嗥……

年少走夜路，山深最怕鬼
老了懂得鬼在心里，跑不动了
后怕……还跑还逃……
人一生啊

赛事

云的试卷上，有雨的笔迹
雷电修改过

阳光想把地球当球打
投篮给人世，旋力大，风云雀跃

哦！上天在记分

论输赢，自然与人文
一场友谊赛

把日子过成生命

共同的时间，大家都在使用
菜花、桃花、李花，共用的春光
花之外
何年何月，何情何景，民谣过的季节
红杏、红烛、红颜，相似的温馨
不同的路径

记在嘴上和心上，除了自己
没人给你记账
你一脸夕阳的结局，是他人
一朵莲花开放

时光是一种药
在人白发的故园

人找人

人找人，人不见，上苍说
你周围不都是人吗？都有灵性
哦！满山花开红艳艳
都是人就好啰

正感慨，一花枝拍我一下
风说，你闻闻，那是你前生的香气
阳光下，千朵万朵
在展瓣丢失的鲜美

是的是的，花山阳雀拍岭
岁月没有风雨，还叫什么日子
日子不带炎凉，人世不像人世
人心花儿朵朵开
朵朵花开人与人

2022-1-12

山中书

声誉

弯腰拾起，一横枯木
木上青苔生蘑菇

阴暗产腐烂，一朵朵鲜美
因为风雨，于内心深处
多像曾经的声誉

美味口舌，加油盐
摧枯拉朽，一锅在煮
几多风流人物

愚公那老头

愚公那老头，他的子子孙孙
鞋底已无泥

如今抬脚千山已矮
举头如锄挖天高
厚地薄了

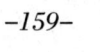

愚公那老头，
已是远远的风景

注视

百分之七十与百分之三十
是地球也是人体

水陆与血肉，在造物主手里
浩浩森森与力拔山兮
瞒不过时空

七十加三十的百分之百
人生百年计，生死潮汐中
漫说涓滴，已够
狂妄啰

偶见

听见一声鸡叫，鹰翅扑地
似黎明前的一团黑暗

被日出一胆红光猛捶，那鹰
又飞回云里雾中

无

人都喜闻乐见有，怕无

一个无字，无到可煮可烹可沸……
可呼可笑可哭可怒，一旦生有
似无

苦与乐都千万要注意，一切爆炸
都因无的孕育

有一群字

有一群字，就像一群人
掂掂读音养育的轻重缓急
便知时势

字儿清磬，也是洪钟大吕
字形如人性，浑浊也纯净

字古字今，字生字死，含情含愤
字天字地，字鬼字神，字字灵性
就像一群人啊！有一群字

一群字的读音，人们
懂的

2022-2-2 抄改

内含人文

圣贤的深思熟虑

如同星光把黑夜洗净之后
黎明成鱼，岸边柳绿
花开阳光之笑
彩色缀草坡青青翠翠

圣贤的言辞
是鸟儿飞入视听，天蓝、旷野
薄岚一条纱巾，系上
清风随手递来几露晶莹

大自然给人的馈赠
内含人文

无语就好

峰峦与落日顶牛
撞云乱

落日落进人家
壶里问茶，杯中问酒，碗里找人
床上有海浪，月色沾襟
梦想从星海洗澡回来，问自己
听见如果敲门了吗？又如果
不是呢

无穷无尽在说什么？鹤影仙踪
与闭口有约，懂了！真的懂了吗
哦，无语就好！门外几声叹息
一晃而过

写意四肢

上苍给人双手双脚，该读爪呢
还是抓

指与趾，去手足偏旁
旨是上天有圣旨，止是适可而止
拥抱与践行，四肢四季
该亲亲热热呢？还是寻寻觅觅
身正一竖尺

上苍造人，配备四肢
好在还安装一颗心，否则
抓瞎与迷途，在时势面前
谁个真能找准自己

庄稼人说，勤用双手双脚
天地不会亏待你

隐于眠

把尘世丢在一旁，我要睡了哟
丢灵肉进忘却，白昼那药片
月白成白纸，梦也懒得抒写
权当一场雪

躺进虚幻是踏实，盖闭目为被子
没盈盈秋波观察动静，我已自在

隐于眠，只差棺木和骨灰盒……

放下得安宁，原是偷闲
自个儿放过自己

落叶

落叶卜卦地运
黄了、枯了、泥了，天降残月
地纳香消

霜判冷峻，落日余烬
更替色彩
玉洁白茫茫
坚韧磨砺的盘根错节
少了枝繁叶茂话当初，多少人事
如是

2022-2-3 抄改

脸色事关天色

1

生存一饭碗，有人偏要敲缺
睡梦一床一枕，有人偏要偷劫
人活一口气
脸色事关天色

2

获得是什么？生死存亡一大词
浓缩成命，越读越薄
冷了的情字，该饮一杯酒
喝出拳声，响成动听吧

3

云到天涯，水到海角
至云至水天高地阔
至天长地久，一生
只养活梦境
醒来留一小块愿望，大面积遗憾
已无力担得日出，但听

口若悬河，自以为是

4

"雄心壮志"，蹦出胸腔
是一群虎

虎虎生威撞见守门的狮子
躲进"陈见"与"谨小慎微"
丢了"拥有"还应"担当"
结果还是错了

5

苦涩是盐，也是甜
在海边和蜜罐前
风雨多冲洗，方知
情深在人海中，也是
锥子揣在裤兜里

6

南极北极边框内，苍穹看台下
大片人类心愿

岁月之河与银河交换传说
人脑旋转星系，四季长出四肢

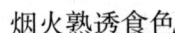

烟火熟透食色

天骑日月自行车，轮绕玄奥
行走人面旷野，遗址长出历史

7

让人目光低头，低至
数票子之时

老鸹怕人目光射箭
站上高枝
有人意指凤凰，脱毛
不如鸡

鸡毛被扎成掸子了
扫尘，棺木也是黑的

8

咬夜色，曙光撕出山重水叠
长桥一筷，夹给云岚吞了
日出重新收购明媚
一河碧波弹指，滑动风景

9

把高崖挂在云上，站云上
自己也是高空

霞飞恰似蜂蝶，吮我眼色
记得在山下仰采
云雾握山如握拳头，于陡峭处
真的怀念"平庸"，害怕"高尚"

2022-2-4 抄改

这一刻

一万年太久，就这一刻吧
让我回到火焰中去

燃烧过，以后还会热烈吗
一朵花在燃烧，一叶秋在成灰
一灯渔火之下，一船歌谣
一床夫妻，一妙阳春
一山一江还在，也许
我们早已不见了

牌照

太阳，白天的牌照
月亮，夜晚的牌照
脸面，各自的牌照

白天是鸟，夜晚是巢
白天是一条鱼，夜晚是猫
一些牌照猫吃团鱼
忘了时空，才是人世的大牌照

人人都想是品牌
品牌是人的牌照
谁之血性还日红
谁之品性仍月照
唯怕品牌成墓碑
还想在眼珠上雕龙凤

2022-2-5 抄改

一山一中一书一

想你

1

靠近你，我就是远方
远离你，你就在身旁

怪不怪

浩浩无垠，荡荡深藏
静碧水面，涡漩惶惶
如谜，不迷，该怎么说呢

2

你是我灵魂的医生，因你因你
太阳转身，照我月明
我是你缘分的病人，为我为我
白衣白裙，飘逸如云

你若月夜
我是星辰

3

找个幽静处，学嫩芽
彼此展瓣

爱在种种形式里隐身
情在悄悄眼神里合一
合一合一，一已省略……

4

在时日院里想是一家
既有高墙我就邻居
隐藏不是假装，即逝复返
逝而犹存，不让益彰减少明智

5

人的外衣内是什么？灵肉之路
表情内呢？行色匆匆的我
听见问候：好吗
梦里交心，随缘破谜
自养劳苦
牺牲也是价值

6

爱恨谁都有，喜怒造男女
林林总总，不可误读

7

昨梦昼夜结婚，今朝日月新喜
岁月，为天地完成婚礼

骄阳脸红了，秋色成熟了
小心翼翼祝花好月圆
相偕内涵相依，交杯神圣

祝你甜蜜，请放心
我会默默吞下苦汁

美人儿

她的明眸会发电，见她
许多眼神亮了

她的话语有体香
窈窕多姿

回望成群

曲线也是一种绞杀
你别不信

挚爱

1

童话走进真心的眼波
清洗履历

相遇拥有，相互松手，开一会儿花
枫林晚，还有月照
分类馥郁

2

一张白纸，是在下雪，春色花鸟
一张白纸，一天白云，幽香旷远
一张白纸九九重阳，心情
还早春二月

情人节有感

世间，人与人之间
我到人与人之间查找真情
什么在闭嘴，什么在玫瑰
人呢？人呢

人与人之间一个房间
唯见白云白雪一双白手套
捧着人性

人呢？人呢？人在哪呀
"真"哭了！"情"呢？"哇"的一声
扑倒在智力机器的肩上

2022-2-14

烟火熬过的药渣（组诗）

有感

愿望的异乡住着离异的母亲

她身边是老子
隔一座山，是《道德经》
山这边住着流浪的灵魂
在省略里对暗号……
《论语》昂贵，他千年前埋头施教日出
抬头，已是婉约黄昏

落日盘点朝夕揉皱的往事
人神之道有一条甬道
沧桑在通过租赁

物种起源

地球从混沌中来，最初
是否有襁褓、摇篮？据说
盘古开天地时，地球不乖
斜斜旋转，闹出许多怪僻
地火
水灾

小小地球抱大人类
大大母爱养育万物
时至今日，人世未老先衰
天空的子宫远在他乡
人在世间一间屋里，望窗外星系
那儿还有小孩儿乖乖

天门开开吗

天外也有"狼来了"吗？我们在等妈妈
妈妈是与自然安好，这谜题
不用猜

"明"智定乾坤

阳光和月色出入国界，不用签证
世界喜欢它

也有风云抹黑的时候
雷电见义勇为，冰霜雪雨后
还暖色坦然，照万物荣衰
轮回昼白夜黑
不计较输赢

一切顺其自然，明暗自如
看贯争斗，哪个能一手遮日月
和而"明"智定乾坤
关键是人类，总为存在争胜负
忘了活着是和平共处
而非拼作牺牲

天空总是空腹

昼夜吃日月两汤圆，更多时候

天空总是空腹

当然也喝雨水，吃几片云雾
晨昏反复辗转，怕老天饿了
我以小小诗意与梦想资助
天空把旷远留给万物
阳光与月色慷慨付出
我还剩什么回报天空呢
灵性稀薄，身躯一间空空老屋
唉

灰烬而烟尘（组诗）

渺邈深奥

以空填补空虚，非空
空求太多，空非灵

空则简洁

灵动于"诚"，言侧是井
金戈守着
"王不出头谁作主"

色显各自面容
读"空"念"容"过"客"匆匆

渺邈深奥

形声渐老

有形得见，有声得听，都得到了吗
万物纷杂

有始有终，有存必亡，不具形态之风
没去太远，在人心往返
形态遇见聋瞎，悟觉大哑
日精月华

寂静击钟鼓，惊心动魄轰隆
炫耀虚妄，玄妙拄杖
形色也会渐老

点悟算计

"有"因"无"生，"神"以"形"立
有无的宫室，形神的宅地，寻内恬淡无欲
听见透彻
天然浅俗

加减"人算"，乘除"天算"，什么在"计算"

都算过了，拉开"门闩"见天，还见"神算"
以算计充饥

阴阳大气，执日月黑白
在点悟日子

数数自己

1

乘以悟，除以愚，求以易，得以己
嵯峨幽远，显藏微密
禀受虚实

多不在繁琐，锐不露锋芒
隐而素静，敬畏无法估量，用心
数数自己

2

月亮光光可装筐，还可盛浪浪
只能于月下，水中

谁能提回屋里？许多得失
如是

仰望星空，自作星宿
临渊羡鱼，鱼不离水

惑

"鱼"成"鲁"，"虚"成"虎"，"七"成"土"
笔走正道，意在歧途，抄写
史上误传

真被丢在哪儿，玉已成土，水也成木
追回真相，悟亦为误
惑多虚名，于是烟雾，鬼神乱舞
怆然而泣，事实已逃
真知，无知

倏忽云浮

1

微妙绵邈九霄八隅，倏忽云浮
有无幽沉，灵机艳采，铅华媚姿
亏盈者谁

率性默然

2

世道九曲宰成九个疑问
追问人心
鸡产蛋的落日
在人掌上旭日

苍茫母鸡，交谈鹰的展翅
尘土不同啊！地球如豹
得意中取出失落，领略相见
恨晚，已九九归一

一的复制，其位其职
人之今生后世

3

月亮也只是泥石，太阳的心里话
交给它，它再给人世

轻盈与温柔，换得清晨鸟鸣
信么，相思积蓄的静谧
草木含霜，爱会认错吗

月色灰尘，敲谁心门
阳光灰烬而烟尘

2022-11-5 抄改

请问自己（组诗）

写，写给谁看？谁会看？请问自己

——题记

三一三余一

在人间，种植人的三块地
一块农村，一块城市，第三块是
自己

人生有三间屋：一母腹，二房屋，三墓室
人是天地的收获，"粒粒皆辛苦"
时空是仓储

二乘三得六，人活六十，一轮甲子
六十退休，退回自知
像太阳偏西

记忆里的鸡叫三遍，天就亮了
经历中的事不过三，头上三尺有神灵
六六大顺之顺与不顺
都九九归一，活着活着

一横就拉直了

仰望

关门，把天空留给你，翻动夜色
去数星星

山峰挡住的不算，云遮的也不算
月儿的移动，留给你，更大的虚空
你说了算

当然，想是一朵花，一棵树都行
甚而天威刮风，以风作问候
壮你胆量

晨昏两岸放牧的一条银河
也给你
可以牵它，与你一起仰望

看见了吗
"何处机心惊白鸟
谁人怒剑逐青蝇"

也许

你说那人是"人"，好像
他说这人是"人"，仿佛

一晃而过，见到"鬼"了吗
好像
仿佛

听见人的语言，经过"从""众"
那么多的鬼话，是套娃吧
也许

人模人样

看守庄稼的草人，画上的美人
纸扎的人，雪堆的人
都是人以"人"的形象
代表人

都是他们、你们、我们么
鸟在闹，雪在化，纸在陈旧
看见光阴在穿过人世，还听见
没谁吭声

名来利往中，人没休息
菩萨也人模人样，扮演敬畏
也有用处，是的

成双成对

有无？蝶翼、鸟翅……与人的

双眼、双唇、双手、双脚……双双的情侣、夫妻，
乃至看在眼里的
天地

得失与荣衰，黑白与远近，真假与大小
长长久久组合的成双成对
拼音的生死
想起动静了么？游移存在的
南北与东西

模糊而清晰的世界，虚实而异同
悲欢而冷热，上下左右前后着
升降依然还是
饱暖和饥寒啊

天空始终是空的，有无也是因为
我们也有内心的天空吗

存在

这群山，是一个群体，那群水是一群传说
一座庙宇如往事，传来数声钟鼓
敬畏还未枯竭
高速运载这大集体，在长途中，远近村寨
放飞青鸟，衣食温习"人之初，性本善"
清静无为

花红树绿

峡谷裁剪的山和水。春和秋
一棵千年古树挂红，荫蔽之下
有新芽扎根

2022-12-21 抄改

遥远多远（组诗）

拷问

安静是可怕的，热闹健康
温柔会嚣张

嚎叫睡着了，冷漠发疯
泡沫上掘舌头，浪就开放
存在很坏

残留的呐喊，钻研深刻
拷问微笑

沉默

沉默有另一种声音，听见没有

星空沉默
借人目光挂枝，落日退幕后
观众席上，坐着百千万亿……

月圆

落日落进人间了吗
村寨亮着灯光寻找

找到没有？月圆
在我头上哩

远路

夜锁门了，山重水复
多少天多少月多少年多少人
在路上

遥远有多远，多少失踪
多少追求
于起程与到达之间

山从海里浮起来，直上九霄
你看那轻烟

爱（一）

红颜红起来的世界，热烘烘的
胸有蒸汽，一杯酒，暖洋洋的
红艳暖和之后，成熟彼此
凉悠悠的

爱（二）

似鞭下的羊儿可爱
肉肉活鲜鲜的

野生红豆

红豆可以燎原，似火种
滴泪一旦沸腾
一床地老天荒问山盟海誓
明月冷了没有

世风很凉

准备

山给河准备了水，水准备了鱼
鱼准备了人

树给藤蔓准备了缠绕

根给蚯蚓准备了土地
花枝给蜂蝶准备了招展
野径已准备好牛蹄挤人迹

天高准备了飞翔
地厚准备了万物生长
风的背后是谁在追它
哟！运势已准备好自信

累

累也是可以修改的，去杂念
甚而蛛丝

可以作为讣告，让残喘
落荒沉重
累的姿势是可以挣扎的
内心跛足，独立苍穹
旁观云雾缭绕

缄默

缄默成熟，可以煎熬
忧戚可以充饥，吆喝沧桑
泪若下雨，清新时序成长
瞧披肩长发的少女
已是少妇

山中书

心思英明，听花闹
蓦然开放

一杯酒

包容打包空间，解开时间
一杯酒而已

醉了
又醒了

席散，人已走了

方向

方向有脚步的声响，回音是路

东西与南北，七情和六欲
横竖曲直都是心的版图
是与不是的十字路口
对错各异

出发与向往之目的
亘古就存在，开门处
总会有墙壁

早晚之间

很早以前之早，与
很晚之后之晚，和
古今双乳奶人世
日出父亲
月起母亲
山的勃举与水的横淌
还生出未来

我们都在路漫漫上沧桑
从很早很早的早晨
到很晚很晚的晚上
去来兼程

世事超市

世事超市上，千回百转选购，买卖家与冢
放眼看，忙忙起早，茫茫向晚
我们
你们
他们
月月年年，寂寂漫漫，悠悠沉沉

像枫叶红得那么红
似苔藓绿得那么绿

见日月踩过春水秋波

溅金飞银

是要掏心付费的

时间（组诗）

寻

昨天晚霞失火，烧至今晨
隔岸几只鹅，与一行白鹭
风生水起几声啊啊，和一阵
哦哦

这岸谁和谁？一句活到半途
鹊桥断了
前缘逃之夭夭，转身发已云白
寻梅之灼灼

想象

何处是想象的边界？虚构与超越
如何定义

义已利，义是钱，钱眼里浩瀚星辰
是我们的，也是我们

人啊

"口"都骑在"马"上"骂"，累不
万马怎奔腾
"田"都"系"着"累"，说是财富
怎不把"田"放在"心"上"思"之

"口"在"门"内，"问"是非
大口套小口，回归了吗
你想干"吗"
一"口"在"马"旁

时间

1

学会撤离，解除剩余，自带暗自
拾落叶落地的消息，雪后
春的幼儿园，另一些草长花开
特别的意味，智慧耕读
时间也金融

2

微笑是能操纵的，一盆花开
需要浇水

某些奇异在告别，新的日历
是心事，跳过回忆
牛屁股后，还冒
当年炊烟

3

老实得不够，就老石
老石还不够，就老岩
踩过岩，磨过石
沉重到老坟为碑吧！虔诚跪下
敬先辈站立

老实感慨，山里
存在的多是老石

4

换季在修改自己

山得分工春红夏绿秋黄冬白

坡得配给人家、坟墓、田地
山很高龄，河水是不回头的

5

雾漫漫，山不穿救生衣
淹没中的高峰露头，向人望眼里涌动

才不是哩！小孩说
那是穿睡衣的高原
老岩老了，溪流连说"是的是的"

滴露说，山在洗澡
峡谷是隐者

6

人在人世活一次，三生有幸
只是比喻

比喻里的比喻给别人借用
生死有命拼贴的象征，是另一时间
已一分为二，永远神秘

7

十指朝天，能抓云一朵吗

一朵荷花温婉，亲近望眼
一翅飞鸟登枝，轻声唤

远近云飞花红也是金子，
陡然宁静成喧哗……

2022-12-28 抄改

把自己走岔了

1

地球村今天发生了什么
人把自己走岔了

2

淡淡的人味，从梦中飘来
人在人间凑数自己

3

人有一个面孔，多种面容
不同的眼色
红尘在提炼法则

4

糟糕很有趣，安静很富有
站着不会被踩倒

5

梦翁说梦，猫虎同床
禅心简单

6

几只鸟儿飞进心态
展翅了，那鸟人

一鹰独立傲世，远瞩
凭高瞻

7

眼里全是好人
脚下路就多了

8

不默而生，守鸣而死
大胆知有枪口
小心没有羽翼

山中书

9

百无一用是自己不用
不用自己，只闻花香
莫说朝花夕拾

10

坟山，是岁月抓一把饲料
喂地

人面是蚊子的美食

11

人活着，是于时空中发酵
酿制爱的意味

12

如日中天
本身就潜伏着落日
2023-1-6 抄改

从一到十（组诗）

倒影

飞鸟到水中与鱼幽会
碧水清澈，映天蓝，洗净鸟啼
天水邻居

忽然，一水牛下河洗澡，几浪追问
垂柳解释，拂水面
谁之好意

算计

星期八那天，他说是星期一
初"十"那天，他说读"九"

斜照参与演算，究竟是"几"
新月造句圆满，是"零"
哦！懂了

传言

还活着的呀，在这人世
还走动着呀！跟上成群结队的日子

山中书

活着一打九折如何？不行
只能得半，一客流云
自认薄命

听见细微，传言无不奈何
不高兴了哈！指路牌显眼
终点站到了

好

太满不好，太虚不好，太远不好，太近也不好
刚好足够绕一口令，大了不好，小了不好
像向日葵向阳？不好
像车轮转动起来，别快了也别慢了
像头上的旋，胸口的口
刚好

那我是什么？女冥冥，子杳杳
……摇曳了？？？

从一到十

摘"1"为豇豆，喂"2"为鸭儿
挂"3"为秤钩，摇"4"为小旗
饲养56789，1支筷子挑个"0"蛋
得"10"

刚发蒙，老师这样启发学生

数字充满乐趣

之后教大一是一横，二是二横

三是三横，四是四合院

五是五个手指

再伸出一只手，写六七八九十

老了，回忆起我的小学老师，已仙逝了

他叫丁维聪，一脸聪慧

他额上皱纹，也是勃勃生机

2023-1-7 抄改

食色已商品（组诗）

人生三天

有一个昨天，它与明天交头接耳

我今天还记得

昨天明天仿佛是两岸，今天一川流急

两岸伸手为桥

恍惚里，一轮水中月

梦里昨天跑来问今天，明天呢
风华已退休，月照柳暗
安眠药一片

人造阳春

少女窈窕似乐曲，水波粼粼的
让一些目光涌潮汐

演春青春，五官也像五线谱
填词心思
阳光正好！听见命运的交响
嫣红波动裙裾
飘飘然，香喷喷的
这人造的阳春
春天的故事

民间宣纸上

民间宣纸上，几多炎凉大写意
经天纬地
千人万人千山万水
勃勃之得
潇潇之失

话说江湖，意境之外几滴阳春
叶落听成霜雪，挣扎与沉默

一阵又一阵风后，一幅又一幅苦乐
在你画上，荣衰卷帘
该说非
或印证是

众口砚台中，冥冥一支笔
画你，在岁月的宣纸上

寡妇

亲爱的三字，被她孩子挡住了
孩子才十二岁
酒鬼二字，被她屋后的泥土埋了
归去才二十岁

她三十岁，三次回避的擦肩而过
转眼三十三，好比船过陡滩
日子如刀子削青丝
阳光在头上下雪
锄头下，几坡熟悉的山地
零零星星地望着她

孩子该考大学，院落已老了
心思有些荒凉，去时不再回来

还是她

看见她的看，听见她的听，想着她的想
枫红闹树，水碧吼泉，鸟雀吵门前
浮萍绿田湾

过去、现在、将来；风雨、云雾、霜雪
看见、听见、想看，山高路远围着
秋波里的夕照在喊：我想日出

摆一桌好酒

给寂寞贴一喜字，建一幢别墅
摆一桌好酒

让沉默出轨，羞愧们前来
梦想犯浑
肉体不许提灵魂，所有身不由己
喝吧！醉吧
身外有多远，仰望有多高，管它的
还活着，就掏出真知
轰开惊惶失一措，像撵狗

有什么在叫唤啊？乌鸦？喜鹊
都有动听的时候
任风，抱着真实与幻象，把个"人"字当树

摇呀摇

山珍

群山拔脚进城，在人舌尖上
长出山乡风味

众口的宴席上，城乡对坐
一壶茶和一盘花生米
其间许多情节，是月色
晨曦

仿佛又回到从前
时光依稀

真相

薄雾修改山容，抹去一些高的
朦胧一些跌宕起伏的
明暗一些矮的，露滴哭笑不得

阳光下，还原高低不平
真相，人们都看见了

证明真实

向土地证明真实，锄犁老式
与农耕恒持之力，抗衡外来转基因
不让庄稼有毒

生存都难于自我主宰，连入口
都握在他人手中，自己的国度
还要农民干啥
老牛眼中，耀眼的虚幻，早就
应该脚踏实地

人活明白了吧，以勤补拙
神龟虽寿，人还是想是人
现在学乖一点了吧

2023-1-14 抄改

是谁偷饮了我的酒

泡秦汉唐宋于壶中，等老了
自个儿品

是谁偷饮了我的酒，甚而一口一口

品了我的白天和夜晚
我要状告偷酒人
动用了我的佳酿

请青天大老爷，为草民作主

2023-1-25 抄改

山｜中｜书

第三辑

字画如龙

邬海涛的人体艺术写意（组诗）

沧桑

进老人那一脸网中，就不怕下雨
在他眉梢之下，还可借蓑笠
上打鱼船

老妇

落日从她脸上，回故乡
皱折似老墙，额头
在西藏

少妇

1

两汪眼波是乌江渡口
容光在发电

2

月色揉捏的女人，出浴男性目光

也是色迷迷的

躬

只取一躬，头与腿脚
都给绿水吃了

峡谷、森林、自然与人融合一体
读"敬"

脊背

一壁脊背，立于水，仁立一截
断崖绝壁

曲成一山垭口呢？手与脚
形若两山对峙

想找臀部，挂在水里的树上
如果

心灵磁场（组诗）

致画家邬海涛

唏嘘不是你的哈，回首孤寂
也别捡匆匆

相聚也不是你的哈，享受无聊
别怕斜照笑你
纸上灯光，权当独守爱你
要乖哟

与诗画交心，燃旺热烈
是我们在想你

再致画家邬海涛

女性目光在他身上走来走去
说他魅力四射

男性走进他画里，心中
出不来了

他在画布上"工"作
"巫"之两侧的男人和女人
都叫他"巫师"，他之姓
乌鸦有耳，还听见什么

2021-10-24

致诗友敖晓波

你上坡挖过野葱和摘耳根么
伴糊辣椒，好吃

你吃过清水煮萝卜白菜么
端一碗苞谷沙沙
摧声磨声鸡叫狗咬追牛的吆喝
鲜活耳朵的口味……

捞起裤管撒尿脱衣洗澡
赤条条不怕野花儿害羞
砍柴割草锄地
掏鸟蛋偷听大人讲裤裆里的轶事
你脸红过没有

似懂非懂装着什么都懂
懵懵懂懂钻进被窝做春梦
你梦见的是狐狸精，还是七仙女
请告诉我

题写书家徐晓军的几幅画

该发工资了，奇石领花红
荷绿捧蓓蕾，一雀儿喜啄墨色
另五只站枝上讨论富有

是阳春

人文给自然发工资，
此情此景最感动岁月

致书家尹开桂

汉字的神秘和艺术的富饶
因他，有桂花香

他之信誉有热量
友情成群

开桂的人品很贵
与之相处，会忘记时间

致花鸟画家蔡聪森

呃，他是麻雀的情人

他的一生都喂麻雀了，老了微笑
还花红草绿

维纳斯的断臂

1

我发现
维纳斯的断臂，是书画家
张庆芳和祖莪夫妇偷的
—在故宫修补《清明上河图》……
—上航天写意人间山水

时间是墨彩吗？艺术之手抓人心
喂养众目有滋有味

2

永远有多远，现在在哪儿
古今与未来的衣饰，是人与自然
被俩夫妇剪裁于书画中

欲观之
艺术的门口有审美值班
叫灵性

3

真谛问知之，谁主谁客

时空传来回应

听见万籁，山水与花鸟
润时光多彩，幅幅心血
养心生"阔"活"色"

4

阳春有肉，我咋浑然不觉
春秋似茶酒，你品出味儿没有
花朵羞涩，连同枝上
结果也脸红

那老两口呀！画柔水亦有骨
请看飞瀑
激情澎湃的起点
源于艺高

5

云雾迷茫，山水也有内讧吗
天上日红，也怕滚进险情
丢了脑袋

鸟啼在争吵什么
露滴闲言碎语

6

投入心血的资本，检验骨气的硬度
分出智勇的贫富

人之灵魂深处，取舍的残骸
是人与鬼的输赢
敬惧暗暗估量得失，价格问山水
枝挂许多小鸟儿的聪明
虫唧也掉泪

7

审美反复确认，是的
他俩是梅兰竹菊的后裔
纸上笔墨再出发
灵性凯旋归真

是的，那伉俪
似天含日月

8

哟！有人脸色总是复印色泽
皱纹一脸计较，交差请示
值吗

人是一个"钱"字吧？那个"性"字
姓什么
艰辛在回收幸运，画家笔下
在传授自省

9

清醒深奥啊！清高与清白
深藏不露凉热

知嘴若枪口，也是伤口，风口处
草木也趔趄

10

心与心在万水千山外
神话里的先人补天去了
落叶随波逐流，是钞子吗

别怀疑动机
采摘惭愧，真心的提篮里
是鲜活灵性

11

无量有节奏，弹奏线条与色彩

山水飞扬起来
人性有了神韵

神造的美丽，经点染
照亮了日子

12

花草是山水的商品
销售东南西北

画者管住童叟不欺
赚取大爱，亮出真心
品格也异彩

13

人眼之沧海与人面之桑田
消费了青丝，再花销如银白发

良知那笔财富，用则有
不用则无

14

鹰飞的高度，升起仰望一念之差
会是万里之遥吗

云搭讪，说是鹏程踩天空
好一部天书，日出写序
月升作跋

15

云雾写生，一斜岩壁，飞流入画
一瀑涛声挂耳
喊听

问余何意至深山，默而不答
但闻鸟语，桃红柳绿在纸上

16

花枝开放月光，夜色生香
茫茫云壤，朦胧景象
听泉水叮咚，落叶自落
寂静空响

通幽处，草木深深
山影响虫声

2021-10-27 抄改

一山一中一书一

书画双星座

写意张庆芳、祖莪夫妇书画，似乎离题，就我门外汉观之，又于其立意之中。

——题记

1

知之一二说三道四，五已非吾
忘而六九七上八下，十则不实
数本无数

2

酒亦久，久则九，九久归一酒藏久
仁者人，人即仁，仁人生合仁泽人

3

信用是诚信，诚信即财富
未来录取讲信用的人
珍惜别人的信任
用好自己的信用

4

从伪造的历史中出来
自个儿也可疑，考古可疑

谁在动用未来的资金

5

云不白头到老，怎化作雨
山都返老还童，一头青丝
心情随彩笔
风景也青春

6

滋红润绿春来也
抽芽展瓣冬去哉
心头尔雅
天下斯文

7

阎王当家，鬼魂都知怎么办
季节主事，花开明白何日红
谁知明知问真知
利益以外，还看清什么

8

双手抱双膝，抱着利益还知平分
流放留嘴德，智慧之门开了
真相不在，别让情绪内光

沉默，是学会乘凉

9

远而亲，近而疏，离而求
最陌生是最熟悉的人
孤独于人群中
守一，等时宜，用应变
合阴阳而牧人民

10

谁能一贯正确？都对，都行
呸！别穿着睡衣骂清醒

11

用色彩兑换风光，风光千古难留住
闲云绘水上倒影，物换星移又是谁的

12

你想写诗，去放养山野
你想绘画，将山野当作业
宇宙天门阵
万物生地坤

13

谁把浪涛"滔"的一声舀起
堆积大堆雪花
谁能一杯茶中喊出大江
对饮成两岸

请告诉我，水的依靠是山
山的伴侣是江水

14

放飞思想，空中也有人走的心路
谁说两只脚赶不上一张嘴
心有所思，排一成人字的雁南飞

扎根江山，拥抱天蓝
日出是"思"字，和风正南来

15

年少迫不及待想长大成人
老了又日思暮想返回童真
人生一道数学题
时光告诉你再多答案
生命之需，只一瓢一勺饮

山 中 书

得数很简单，两脚一伸
被抬出屋去

16

蜂蝶留名，杏梅争色
如浪之心动，不是无故的
似竹之青翠，是有安排的

画上生命的码头
我见斜阳晃动渡口

17

日月一双绣鞋，穿给路行
鸟翅两片嘴皮，说些云飞

18

临窗不寂寞，偷看流泉幽会香草
登高懂宽容，闲听垂柳传情春风

9

一朵芙蓉还我
两竿修竹予尔

20

书画，就像两个奶庞
也像天上的太阳和月亮
一个奶白天
一个奶夜晚
都是艺术灵性的娘

21

美展，是接山水人文回家
画家是美容师

展厅是万物会客室
讨论壁上观，是人们
在回望自己

22

时空的吨位，地球已扛 46 亿年
光线牵挂太阳，许多星月
掉进画家调色盘

地球的经纬乃天之思维
与艺术接壤

亿万年的记忆，大美人的面容
心动红尘

23

近视的人啊！只在咫尺拉扯天涯
称心非是如意
从时空中掏出"我以为"
瓜分时光，别把"不"当"是"

看看自然的，人性的，审美的
心孕日升月起

2021-10-28

无愧天助

——试题徐晓军书画

1

夜在磨墨，等他挥毫白天
那幅宣纸，升日出
悦目观赏

堪惹动人苍茫里，那立意
内隐遐思

2

别以苍松替代它，那帖小草
比扎的花更好

怕践踏了一案灯光
笔走墨黑，没变心，湿色也是
爱的影子

3

敢到他笔下么？敢！活脱脱一幅
龙飞凤舞

好小子，无愧天助，纸更明白
他不怕时日的鞭子

4

从书法到绘画，梦里墨彩联欢
红莲绿柳江南
蘸墨山海苍茫调色西湖浓淡
杂交艺术生色

啊哦同床朝秦暮楚
却亲切适时

友人绘画写意

1

绿杨枝外，草英含露垂涕

白发远游回来，山水已扁舟

悠扬梦，独酒知

岂悔青丝不识尔，照镜

权当鱼儿入池

件件衣饰也浮云，红唇红荷凋期

最知雪白心情，远去的日子

一个个，还是……还是……

2

寻芳一地流霞，倚树日已西斜

啼散虫唧，月起星稀，照见一朵残花

山水开始修炼，等雀儿飞回

把滴露当酒杯，细瞧

瓣瓣嫩芽

3

天门开，等约会来，诺言千里外
青梅竹马，风雪中哪里还有
两小无猜

蝉唱夏肥秋瘦，知了知了
是一声声：走走走……
红叶片片落地，秋已粒粒他收
"丰"挂冷暖，硕硕又怎样
果实一个个：求求求……

花知早开夕敛
豆懂裹壳御寒
无望何须凝望，冷冷缩头
嗖嗖嗖……

4

巷暗拾零星光，龙盘虎踞高楼
灯亮也是乱石，砸人泪滴
街市放声大哭，是洒水车洗红尘
忆忆忆，谁的梦魂
把人世当天际

5

天冷了，到白荷里坐坐
内有人间的温柔

天晴了，与红叶聊聊
回眸那池春水，记得莲吗

6

饱经风霜的瓦片，被谁动过
漏下风雨雷电

谁在地上搭梯子，从家门
到天的檐口，是否碰见岁月吆鸭儿
把银河当竹竿

7

星空的幼儿园里，弦月是老师
夜的护栏内，是人内心
返老还童的心愿

人心另一座幼儿园
等着关心

8

星是一厘，月是二分，人是一角
一元的硬币是世事
阳光才像 100 元钞票

人生似昼与夜的不同
一是聆听叮当
二是摩擦真假

9

提前万年并推后万年
买卖与置换，角分没了
四书五经的价值，是否
还值日月二圆，可以肯定
夜空星辰的算珠上，五洲四海
已非今日嘴里的数字

地球和月球载人类
是否还奋蹄

10

"寄蜉蝣于天地，渺沧海之一粟"
超然于物外，心旷神怡内

是否仍见蜂蝶剪影
相对山高水长，忽闪忽闪
空与色的宽窄，其中有人吗

11

花蕊有子宫，产出蜂蝶
阳光懂团结，围拢冷热
彼此有功德

12

云是客人，爱在房前屋后转悠
累了是雨，坐成池塘，鱼儿兴奋
花草长出翅膀

没有飞，动声色，引猫狗入胜
云雾，还坐成山的姿势，伸手一抓
望眼欲穿，是一把鸟啼

13

晨昏端一盆阳光月色
该洗心了，公子
哦！谢谢娘子

山窝一盆盆山清水秀

清凉以水，转世为云
留住过往，守住芳华

14

借你诗意住一晚，早起出门
带走几缕心思，对不起
未经你同意

把心垫在文字枕下，想起我时
翻翻梦中那词
千万别动情！否则
绿水青山会妒忌

15

晚霞穿着红舞鞋，每一乐步
踩在花朵上

远望夕暮，拉开空茫大幕
峰岭入座，月照隐退的红尘
虫唧甜言蜜语，仰议星光旋舞
天性清纯

2021-12-6 抄改

一山一中一书一

试题陈潘林字画

1

书案上，时光一片喝彩
笔墨里，字句阵阵掌声

2

吞一口雷，春花开了

青山在吃白云的羊肉
朝霞一锅红汤

3

天蓝也有云白的面容，小妹子
花红在等你

4

水以透明面世，几尾鱼儿守底线
游动内电

5

桃红如火，滚烫热恋

美意是最好的防腐剂

6

河流是过来人，它给桥的建议是
放过波翻浪滚……

7

与花容相比
柴火更有才华

8

天大不给人压力
地厚有地心承担

9

长得美，往往愧对想得美
平路上，坎坷也能躺平

10

虚实辗转，演绎继续
找人的去处

白昼白茫茫，
黑夜蓑笠翁

2021-12-30 抄改

山水是人的主人

——试写王勇山水画意

1

拯救星月，在山的顶端
遇见土地菩萨

问我听见风云的摩擦声么
像芸芸众生

2

赶往未来，过去是废墟
我问今天

但见大山勃起
在刺激银河

3

云雾俯下身来，在山的胯下
看见什么

阳光品尝碧水生火焰

鱼儿很激动，时日在流动中

4

浪捧一把土，说是高原的
土摊一卷浪，也是高原的
烈日在人血肉之躯上
说汗是江的血缘

5

一条江游进人们嘴里，吐出来
是鱼刺

一座森林在餐桌上哭问
自然算老几

6

嫩蕨握拳握住谁的江山
蕨叶摇扇又摇动哪家炎凉

蕨根如缕抓住泥土

荒山，也是老天爷交给我们的
成长，没有坐享其成的好事

7

造血通脉的流水，篆刻许多
穿越千年遥远的呼唤

孩子，远山是远古宝藏，传给你
你要传给你的子孙

8

收到祖先的信号了吗
你血脉的相连

若对远古关上门，也挡住了
自己的路

9

云在山上擦天蓝，山的手指
按在银河的脉搏上

和合太平，天人一心
春秋气候，在把脉分秒的病症

10

青山是高原的"硬通货"
似美女没了春花秋月
恋情很危险

11

绘画是在画自己，也是对历史
与现实的叩问

多维的世界，天真的自我
交映万象是过程的秘籍

笔触人性，色彩探测
亦是回望与启程

12

旭日爱白云，星月爱夜晚
出生爱时辰

爱别带邪念，花红欲火
美也是疼

13

千古风流人物的精神世界
因为敏感，所以青春

走进光阴背后的故事
滴落的芬芬，是人性丢失的复归

14

听见流水与上苍交流
虔诚是一座庙堂，身心是岸
门外蓝天，是海

今朝昨日老图案中
一只低飞的燕翅，听说
在飞吻绿水青山

15

寂静坐在檐下，久了
长出青苔

下雨时屋檐也会掉泪
躲避泪水的小狗，抬头
听雷声走来

门前，禾穗在扬花
等会与阳光叙事

16

雪在燃烧，亮出山的高度
纷纷扬扬凛冽地纷飞
铺厚寂静

树之银装素裹，千支蜡炬
照冰冻，考验登山的勇气

高处不胜寒，登峰造极
挑战是一生的毅力

写意邬海涛绘画

1

蓝是天的颜色，白是月光
红是青春，秋是金色
七彩云虹有斜照约束
大美的弥漫，是炭墨

2

绘画，一种描述和联想
仿佛什么，又什么都似
是画家内心的节奏，借线条表达
感悟色彩里的非凡，听见
象征与意会
让人心灵如琴键，给目光敲击

3

普通的虚空，乱涂的从容
画面与常人博弈

就像与不同世界的猛然碰撞
另一心向，无法自拔的选择
心灵与更多奇妙共鸣
是雕琢自己对于美的享受

4

画中有生命源起，最古老的
地衣、珊瑚藻类、动植胚胎，甚而
受精卵的细胞分裂过程

这些胚胎的繁育者是谁

立意与画风向回答，是海深与山高
一笔一画皆学问
一墨一彩一乾坤

5

绘画，是想象与真实

6

雪花进化的春花，果实回看
求知

艺术野性的物种，拯救
已驯化的人类平庸，莫让
追求寂寞

7

从天地大冲撞，到地球反击战
从末日崩塌，到磁极倒转
从侏罗纪世界，到太空异形
从哥斯拉怪兽到环太平洋智人机器

记住，自然与人类的规律
兜着圈子——
一是镜花水月

一是自作多情

人，总在自我思维的网络里

8

绘画，是寻求人文内在的部分

9

泪珠儿在眼外的结果，叫雨果
得出的效果，情感美妙奇人奇事
有因果

10

智与神的画法，脸色可预约的
眉飞色舞与愁眉苦脸
笔墨的管理，像管理超市
开发野心勃勃和激情澎湃
阳刚亚当，阴柔夏娃
用伏羲与女娲更为贴切

11

从传统中找资源，请教历史
向浩瀚宇宙寻求资源
不忘滚滚红尘

会找到做人为艺的力量

12

艺术聪明，它悟知——
我们都生活在太空
在太空里生活
这不是想象的奇幻，是真相
每个人心，都是暗物质

13

地球上所有物质来自外星系
星系，也就是时空内外撒播的种子
古与今，在人体身心超时空接触
一些懒人浪费了，超时空给人的
追根与问底

14

在记忆的旅程中，繁殖意向
遗失的洪荒与叙事，太空还记得
常以雷电提醒人类，星际穿越
时时在人之身上，和灵性中

15

别让盲目过于空洞，太空

也有吃喝拉撒的生活细节
艺术应明白，我们所见之天
只是一张巨大的幕布

惊赞与敬畏，甚而道德法则
把许多求知拦在入口之外

16

云是雨的含量，模仿阳光
月测天的"真言"

仿真月圆，星星也会说谎
误将认知当哲学符号，"谎"与"仿"
当作"好"与"妙"的顶级芯片
如是进化"意境"
退化人性
何来艺术魅力

17

面对现实，恐惧还原的
猿人
止于理性论证，而忘了
观察、思虑、想象、记叙的
拯救

古人真心演变的"谣",与世代

"传"的进程,艺术应记取

否则,深刻也是深渊

18

创作——

一是弥漫身心的平常心态

一是有趣的灵魂和梦想

一如血性与天蓝

绘画是画出人性梦里的第二人生艺在异乡,术

在故乡

不忘人类像自然

自然也像自己,公开内心

创意如雷电,笔下墨彩

才会像阵雨,更是

人与自然在摆龙门阵

19

画幅,是把世界摆在桌子上

给欣赏安椅子,美在真与善之间

与春夏秋冬合署办公,其审美榜上

政治的隐喻,生命与伦理

确立与演变

敢为天下先者
是真画家

2022-1-1

读青寰绘画（2首）

荷韵

问荷如何？河有水的温和
与人的组合

鲜活出污染而不染
与莲邻居，藕断缠绵，依然
展瓣给青空

荷合人和的韵致，真想
喊她们一声：妹子

静物

不许喧嚣栖息，测试宁静

静之容貌，是墨彩婚媾
生花生物而无声

形而下静态
形而上惊觉

静静凝固时空无尽
令醒悟轰然

为王寒画作撰句（组诗）

赤水丹霞与桫椤

放一把火，把丹霞点燃
地貌也是东风

岩挂红尘有时光的颜色
天蓝地绿拥护的赤水市
查阅自然生命的历史
曾喂养恐龙的桫椤
又似害羞的少女

选举

台上站着春夏秋冬
一片庄稼地

是的，季节的风调雨顺
更需要责任的身份证

故乡

1

回忆可供人留宿，那儿的前人与往事
都是故乡

别让它老了，还有一口气在
古朴也是美景，更像人生
初恋的情人

2

故乡是每一个人心思中
最合理合法的财产

横旦山

1

天上云在种白菜
人在山下种存在
有花红飞上青天吗

横旦山啊！悬崖巍巍一竖
升华仰望

2

山的种族中，你知天的体重
破云而立陡峭

云似高空白色的化肥
助山高贵
弦月是山高碰缺的么
听见夕照绕道的回音

3

天下一座座大山，都是
自然界庞然的建筑

白湖印象

坦白什么呢？白湖
东山在低头喝水
抬头是日出

鱼儿飞入水里青天
山那边又飞来
一行白鹭

湖与山水交友，一片碧绿

还有什么要交代呢？哦

环湖路边

还有林竹给人乘凉

致画家华焰（2首）

致画家华焰

闻闻"华"字，是否有花香

烤烤那"焰"字，温暖散发芬芳

总是微笑如春，她内心深处

是培育东风的学堂

观华焰的一幅画

思念是可以储存的

色彩是保管室

心思不会变质，忆在往事中

世界是可以联系的，心上已标明地址

越分越多，唯独是爱

2022-6-28 于遵义

第四辑

哭笑有因

看山观水思宇宙

1

宇宙中的山和水，在这，就是一户人家门前的一水两山。门前的水是弯曲流动的，而山上的绿则是四季变化的。

山水和时间流动着。

2

翘檐朝天抓云，拱门卷帘避雨。

画家的笔下，一楼多姿时空压缩进一纸，让人得见"窗含西岭千秋雪，门泊东吴万里船"。

时，千秋；空，万里。

又，"一水护田将绿绕，两山排闼送青来。"

还，"黄云万里动风色，白波九道流雪山。"

再，"黄鹤一去不复返，白云千载空悠悠"。

我从夏雨金、周鸿的山水画，看到蔡聪森、程其德的花鸟画。感悟：一花见一世界，一草赏一宇宙。

空间无边，时间无限。再联想他们绘画意境之意的"情"与"理"；境界之境的"形"与"神"。中国山水的文脉传承，真的是"江山不负我，我焉能负江山"；又春花秋月爱惜我，我亦一花一草当自爱。

3

世界一块庄稼地，人人都是庄稼人。为文为艺者，是种精神食粮的农民。灵思似水，庄稼的命脉；身心如泥壤，壮万物元气，养人血性。

人在人世，为艺术留一条路，如同土地给水走人性。人若欺水，万物都会付出代价；世事如山，山若遵照文滋艺润产生良知，则田茂人意，丰收民生，社稷长治久安。

文艺的生命之河奔腾不息，是文艺家的心血长流。文字与绘画的色彩，实则是人与万物的化合，颗粒饱满精神的色泽，日子才喷香。

瞧四位画家的山水与花鸟：溪上白云飞，水光接翠微。分明神农路，落霞网鱼肥。

读他们的画，还让我感悟：人来人间都端着碗，庄稼喝水，人吃五谷杂粮，文艺人既是庄稼汉，又像小孩吮吸日月一对乳房。

4

地久天长知白守黑，画家们的熬更守夜，那只握笔蘸色彩濡染生活，签署一碗白米饭的茧手，是他们在以灵性扩大丰收。看他们的画，我总要到他们脸上走一趟，不！是于他们内心见其舍身抱命。

2021-10-30

奢谈

1

随着时间而来的真理，是事物生命的背景。枝繁叶茂，根只有一条；鱼龙沉浮，是在水里。说理，是不知而装知之，比说谎更可怕。

2

生存旁边，死亡很近。

人死之后，生命去了哪里？古人说过的那里，今人想象的哪里，往后像什么样子？去来生生不息，恒在的山川无言无语。

听见雷声，吓了一跳。

一翅小鸟登枝，听见松柏说暮色。

3

人一出生，灵魂就坐在往后的墓碑之上。燃一蜡烛，两眼万家灯火，双耳芸芸众生。

4

谁在人生的终点思考。

人生的意义在人世的进步之上，你只是其中的某一步。

生命是不长久的，唯传承在循环前程。一切都不会长久，久久是继往的来者。就像春天永远不会过时，过时的只是人一生，你在哪个季节？占有也仅是一时。

5

审美的创造，月亮脱光光，它更知羞耻。树动为人摇扇，是因为风，它也没有完全的无拘无束。地有所爱，担心花开不够热烈，才有阳春夏热。

人见不辞，但应珍惜。

热切也有丰富和敏感。

6

相望相惜，是这岸，把对岸留给对岸，把自知留给相知，浪在两岸中流动，人过河，也只来过。

来过也就来过。

7

风云谁做主？花开结果……

秋天的大树在抖落叶……

8

在已知世界探索未知，你见不到的，先莫说知道。时间的尺度无考。人类为什么难于知道未知之外，已存在的另外的世界？成吨的暗物质穿过人的身心，未知是因失去感知。人类受嗅、触、味、视、听五种感官限制。有限的主观世界，失去了客观世界，如同有于无中。

我们不知道，所以探索。

我们有时间吗？时间是运动。时间不是时间，时间就是空间，真理风尘仆仆，也是有时空和面积的。

于时空之中，还能奢谈什么呢？

2021–11–21 抄改

随记（三则）

一切如初

日出说，蓝天教我滚，我滚了，每天从东向西。清晨，晓月叫我滚回来，回来了，高速路上车轮滚滚。夜又黑了，满月差我的抱歉，借我的热情，用我的余晖，它也在天上滚。

滚滚复滚滚，一切如初。

花草有多忙

花草有多忙？动用红红绿绿，阳春爆棚。日出高智商，关照世人，演化生命，破局雾遮。

嘿嘿！还把天下给大家看，不怕泄密。

追云

天上一片云，追上它，山水林田也跑起来了，迈动春秋双腿。

是梦中的那片云吗？拿眼睛给太阳，拿耳朵给鸟鸣，拿双腿给道路……睡觉的时候，时间还在奔跑。那片云，仅因能化雨的风吗？

2021-11-27

鸡肋

我爱抽烟，妻子又怕烟臭。只能在屋外亭子里过瘾，时有遐思。丢了可惜，留着又只是鸡肋。

——题记

人生命里

人生命里未知的每一步，都藏着难以预测的险情。

未知一个个考题，人生都在应试，得失，只一道道疤痕。

人从蹦蹦跳跳到直不起腰，一脸皱纹和遍体伤筋损骨，弯成犁辕或舀食的勺子，方知这才叫世间。

夜

入夜，山们都躲起来了，溪流还闹闹嚷嚷。村寨披着夜的黑色大氅，人们熄灯上床，以梦埋没自己。

夜执月的手电筒，替太阳赶路。凤尾竹很委屈，叶尖含露。有人喻夜如某些人心之黑，错了！是白天要休息，月夜辛苦了。

写她

菊花里见苍凉，落叶内有青春。时光在她皱纹里藏娇艳，趁秋色，晒九九重阳。

鸡鸭在篱边散步，体验丰收的"丰"堆满院落，炊烟的长势很香。

数字于人

一岁十岁二三十岁……五六十岁，隔奶、婚姻、青壮、退休，七十八十九十，百年还剩几人？白发，病痛，皱皱巴巴，回光返照，日出、正午、落霞……一生就一天……

流过泪流过汗流过血，喜事破事得势失势真是非是，金乌"哑"

的一声原来是鸦……玉兔"嗖"的一窜，躲过枪口，原来是梦境。

心血来潮，潮已退了，青云之志，剩余志在养病，不朽已老朽，回望九八七六五四三二一。落日圆圆，零啊零啊！

月圆初升，照他人破涕为笑，母猫思春……

空巢老妇

溪畔浣衣，提着篮子采摘，送孙子上学……男人走了，儿女打工去了，家养的鸟语，挂新枝……

偶尔一滴叹息，滴绿草英，家山对面的风景，怎样的一场雪到自己的头上。又一个春天阴转晴，给她以自信，她的自信是拂晓的那颗星，呵护孙儿，小心翼翼。

今日乡野，真实在衍生愿望，曾经的窈窕淑女啊！

今日乡村

列祖列宗在堂屋神龛之上，回忆汗味的躬耕。

科技打磨过的现代农业，似村前新渠过老坟，暗香新楼的阳春，恰似孙女儿，在喊奶奶……

太阳借问壁上犁锄，爷爷在打瞌睡，一只青蛙，趴在池塘里哇哇哇……

风雨

雨在淘洗人世，风在扬弃生死。

一些事实颗粒饱满，留作种子，再给土地成熟。岁月腌制的万岁，仍是食色。

人间烟火熏藏过的农耕，已时尚转型，出土新生……几十年历经千年，这个时代，风雨淘洗春秋，泥腿子已打扮成城里人。

锁钥

花光柳影如钥，掉到地上，在开启阳春。

人是哪一把呢？穿耕播一身生存，人迹牛蹄迈动早晚的双腿。爬坡下坎，人行一生，从年少到老迈，在一老屋老墙老院坝中，在一树枝繁叶茂和一床荣衰中，早起晚睡。

天地一把锁，乡民是钥匙。

哭笑有因

哭泣是一种交谈，笑也如此。密语里散发出哭笑。

口是方床，两眼是板凳，悲喜永是幼儿园的玩具。谁说的？

当然是时日。

人活着是哭着笑着，领回亲吻，领取憧憬……风雪过境，头上白菊开了，骨灰的遗言以另外的纷飞，哭笑着……

哭笑有因，是世态。

无为而有为。

2021-12-18 抄改

剩余

1

多出的少数人中寻找无限，是站在嘴的位置还是在心上"盲人摸象"。

抛开高雅与世俗，人不见了！

世事烟消云散没有？

2

山脉与流水是人文历史的轨迹，风气花开叶落，谁是其中的故事？

我与我和解进入新的过程，弯路变直速度，去握灵蛇之珠，却见他人抱荆山之玉。

3

东山抓日出敲钟天蓝，白昼的嗡嗡之声挤满南山。西山托着下巴，月照北寨灯火通明⋯⋯

路上行程在说时光。

4

瞬间是永恒的伴侣。

亲密在回眸里沉重，人世围着永恒打转，步步瞬间。

5

达摩走了，整张空白的墙壁

是一纸白色脚印

面壁的日子没被注销

壁已大千世界，正好哈麻将

这时尚的选择和安排，顺其自然吧

6

听山水讲人文课，人在生态中。人与人之间的关系，借鉴自然，与万物美美与共，内心也桃花源。问其价值，取一缕清风，半片明月，共适花草成色⋯⋯好风景，产权永归山水。

7

山重水复也是文化自信，来自文化积淀，自信柳暗花明，批评也是一种穿透性很强的同情。

人之身心山明水净，山光水色也是人影。

8

老虎让我摸它屁股，我说：我怕！

它骂：胆小鬼！！

我不上当，那熟悉的眼光突然很陌生。

9

抱怨，怨也能抱？谁给他喂奶？谁诓他不哭！

抱字的一只手丢了，包公不笑

言论要自由，我只想安全。

10

信用破产了，用有何用？好人之"好"，不是有女与子就好！有用之"用"，原是日月二字的改写，读"明"。

明白了么？人生在世，近交"好人"，远离"坏人"，好好坏坏一辈子，就像一圆硬币滚动在运势上。

11

听见过百灵鸟批评"可怜虫"么？啄食虫儿，鸟称百灵，灵在哪儿？虫儿作为鸟儿的餐饮。而万物依然"静观皆自得"。

记住，会飞的虫（化蝶）也仅是梁祝，还被拆分开。人与自然，有时候也很残忍！

13

承认失败需要勇气，命运是有首长的。什么都没有，还会有自己让自己后悔。

别以为骂他人他事是清洗难过，脆弱是处女，精神妙龄最易被骗。

2021-12-19 抄改

从梨花里请出春天

贵州凤冈县的琊川镇，有个梨花屯。

据说，早年的几百株梨树，被砍了，做成学校学生读书的桌凳。

此后，梨花一季又一季开在琊川学子的学业里，玉洁生光。当年，在琊川中学任教的著名作家何士光，他的文学作品已享誉海内外。得他做人著书的教养，当年学子已如梨花结果，各有时间和记忆的滋味。

文学中的梨花屯，而今已是琊川镇新区的"梨花屯广场"，恍若摊开的诗文，一方水土生存的景色，还在《梨花屯》校刊中东风化雨，鲜活千株百株梨花开，开在新一代学子的身心之上，宁静蓝天白云。

人在人世，人都是上苍种在地上的庄稼，收获的丰歉离不开一方人文与自然。都说地球一个村，在一个村的"乡场上"，文兄何士光先生已是"种苞谷的老人"。但，他对一方学子的言传身教，却让梨花开了，硕硕之果不只是数字可计算的，尤其像那"粒粒皆辛苦"，已是秋色增值阳春的喜悦。

《梨花屯》校刊开篇是士光的大作，之后又有已成材的学子们的诗文，我读到了学子们生命的勃动，听见了施教如春雨"润物细无声"，同时，也感到了一种传唤和呼应。

读《梨花屯》校刊中的琊川古今、世间百态，似见编者从梨花里请出春天，刊中字字句句传来花开的声音。

梨花屯，正值梨花开放的年龄。

2021-12-23

四衙寨记

四衙寨，数百载前，乃土司四重衙门也。李氏建寨，经四朝门进出。寨前两立石围子。夫至此，文官须下轿，武官必下马也。寨临一湾河碧，名木瓜塘。屋靠三环青山，其主峰名尖峰岭也。

四衙寨人，祖籍陇西，后迁晋、赣，复入川，又由川入黔。源远流长，人丁兴旺，耕读商匠为本，人才辈出，进士、举人、博士、文化名人，可举者多矣。

造化赐一方灵地，水土养一寨万代，生乎其间，何其幸哉！观夫十口为古，白水为泉，泉续血脉。众丘成岳，重岳之下，寸土言寺，寺言为诗。诗曰：明月送僧归古寺。山水月寺，皆为道场，可安禅制毒龙也！寨人靠山吃山，有道是双木成林，林下示禁，禁曰：斧斤以时入山林。饮水思源，龙洞坎上祠堂，赋予二人广成天，一人成大，天大须敬，求生切莫欺上苍也。

一寨李姓，追远可至李聃、盛唐……甚而天下一李。地设四衙名寨，正暗合大块也仅是一村，人生短促，皆只活于一己之时空耳。我年少时，听老人言：高矮之山绵延龙脉，长短之溪汇成大河！长辈教诲，知书识理，仁行天下，友爱鸟虫，为事应懂日月之明，我以之为镜，诚受益终生矣！

祖传山水妙谛，子嗣水碧山娇。唯参透辉辉煌煌光耀东西南北，仍是辛辛苦苦无愧春夏秋冬；纵是足下进退非凡，亦须慎防哪步有错；心记得失因果，应懂老天结账无差！我辈老矣，晚辈须常思耳！

是为记。

听土壤讲故事

读志模的诗，是在听土壤讲故事。他与土壤"亲密"接触，知庄稼的前世今生。

他做官谨慎，为文重情，他知诗行是通往民心之路，他心有春天，微笑也春暖花开。

在诗乡绥阳，乃至遵义这片土地上，他懂"知行合一，致真立人"，他之合一见真根，立人沐阳春。历经世事的打磨，命运的栽培，他的诗简朴中见高雅，平实里显人性，这是我很看重的。他拟出诗集，嘱我写序。我懂他以人长续其短，以人厚补其薄。更知他用一执一，果乃因而予之。故满口答应。

就诗而言，志模的诗，在细微、精确、简练呈现瞬间即逝的情绪体验，直抵生命体验的深度，捕捉日常生活中不为人注意，实则隐含深刻的智慧方面，他在尝试，仍需努力。但，他在虚实结合中的层次感，叙事的回旋曲折，情绪的转折波动，时空的展开与联想，将虚幻嫁接进现实，给场景赋予健康的情感色彩，并包含人性的内涵，且具有自然的属性和他习惯的驾驭，让诗中的声、色、情、味可感可触，明朗读者，这又是他的长处。

我一直认为，创作，功利越重，诗意越远。诗文有风险，作者应谨慎。创作，也是人在这个星球之上，在寻找另一个艺术的星球，距离我们多远？可否与望眼中的太阳系画等号？可否宜居？可否寻到人间烟火？发现与到达，争一席之地，在历史上留一痕迹，真是太难。艺术的蜀道之上，真是"难于上青天"。

可喜的是，志模的为人和为文，就像他故乡的土地，能长庄稼，给人以收获。写乡土，他能回到历史情景，从公历回望农历，他知这天该做什么，那天该忌什么，二十四节气该做什么？他的一些诗看起来很传统，内容却关联民生，他仿佛是在一按时节安排他的做事与作诗，老百姓是他的历法，他在按历法管理自己的人生。

当然，诗的思维方式与当代人对时尚的关注，甚而现代诗时髦的写法和某些跟风、处境与关注的不同，让多元的视角投射到一方水土和人文的差异。我想，这也是不同作者的差异。

文词如影，一部作品一旦进入读者的目光，也就像在阳光下，始终有背影跟着你。纵然在文友交谈的灯光下，也对影三人，互相不同的解读也是光的创造。我县著名诗人崔笛扬老先生一再说过，创作是创造。我还想加一句，作诗如坐禅。作者一生的收成如影，问灵魂的全部，清醒也不知所云。古人曰："诗无达诂"，也许就这意思。写作，词汇也如影么？黑白有变化，形影不离之时与势，未来，谁又能悟透？

作者创作，哭与笑都阴晴过。月色星光熬出的那一声鸡叫，懂了喔喔喔那声鸡啼，真相大白还是天下为公，这也像志摩的诗。我还饶舌什么？

是为记。

《山中书》后记

哪怕是山中的一片云、一棵树、一只鸟、一株草、一枝梅、一片雪，一道坡、一座岩、一个日出、一滴露、一片雾，都能飞扬诗人李发模的奇思，从而写下一篇篇情与智联袂晶玉的佳作。

第一辑《山水春秋》中的很多诗，都意境空灵，如云如雾，若烟若雨，恬静雅致，如入唐诗宋词之境，读之令人陶醉，且愿久久流连于其间，颇有入仙境之感。这明洁、冲淡、温暖、善良的精神世界，又何尝不是现实世界的镜子和目标？愿我们能因这些诗，心灵而得到净化、升华，即便平凡一世，也不丢弃心灵中圣洁温善的山水！也不在滚滚红尘中失去崇美的梦想！在汹涌的历史长河上，尽管是一滴微不足道的水，但也要怀抱着善美的灵魂走完生命的旅程。

第二辑《静渡尘世》，诗人的笔触突然变得深沉，尽管这无常的尘世时时处处都上演着荒诞，但诗人却并未因此而丧失他的清醒与悲天悯人的情怀，他在人生与现实世界中一直不断地感悟、不断地反思，也不断地痛苦！但他却并不嫌弃俗，因为他在俗中看到了金子般高贵的真、善与美，他立于俗世，他的清醒而深沉的歌吟，蓝蓝的，就像渺海，让人忧伤，更让人敬佩，就像一座高山，立于无边的空旷之中，虽说悲壮，但有几人不仰望？时光暗度，这海，会越发辽阔；这山，会越发高耸！

第三辑《字画如龙》，及第四辑《哭笑有因》中，也都有不少妙句，读后，同样能让人有所感、有所思、有所得。它们都像是一个历经世事的智者，对我们静静地诉说着艺术的本质、大灵魂，以及它与大地、人民、崇高与现实的血肉联系，以及艺术不死的真正原因——合乎"道"、遵于"道"、行其"道"！

言不多叙了，还是让我们静读、细读诗人的作品吧。

李健风

2022 年 2 月 28 日

山 中 书